U0045508

Sarawak

砂拉越華文文學的價值

李瑞騰——著

〈序〉

我的砂華文學之旅

馬來西亞包含馬來半島和婆羅洲島上的沙巴、砂拉越二州。馬來半島除馬來西亞外，還有新加坡；婆羅洲除東馬二州外，另有汶萊和屬於印尼的加里曼丹。

「砂拉越華文文學」（簡稱「砂華文學」）是馬來西亞華文文學的一部分，但因砂拉越獨特的史地條件，砂華文學可以視為一個文學體來看待。這或許是砂拉越著名報人、作家、文史學家田農先生，既寫《砂華文學史稿》，又編成《馬來西亞砂拉越華文詩選》、《馬來西亞砂拉越華文小說選》的原因。

我在一九九七年初訪砂拉越詩巫，竟意外開啟我的砂華文學之旅。我曾細想其中因緣，關鍵或許是墾拓詩巫的福州舉人黃乃裳（一八四九～一九二四）。我曾治晚清之學，對於帝國末世蒼茫中透顯希望微光的革命和維新兩大歷史動向，深具探索之興趣。一八九五年，因馬關條約之割地賠款，康有為等發起在京舉人公車上書，黃乃裳曾參加那一場政治活動，而在維新運動被瓦解後，黃乃裳回到福州；一八九九年，他來到新加坡；次年，他考察砂拉越拉讓江流域，決定了從家鄉福州招募移工來此墾拓的計畫。

我在詩巫看到了「黃乃裳路」、「黃乃裳中學」，以及其後在黃乃裳原上岸之處闢建的「黃乃裳公園」；我四處遇到福州人、吃到福州麵菜等，我不是福州人，不熟福州話，但一樣感到親切。在政治運動中失敗的黃乃裳，遠渡重洋到砂拉越造鎮，多年後我來到這裡，在拉讓江畔，迎著夕陽餘暉，彷彿聽到江中傳來當年南洋悲歌，而今詩巫鄉親在沿江四處自在地生活著。

我以砂華文學為對象，執行過兩次國科會（今科技部）計畫，以此為基礎陸續寫成本書的主要篇章，特別感謝國科會的補助；兩次計畫的助理：余姒珉和陳淑賢，李佩樺和彭閔柔，她們都是我在中大中文系的學生，由於計畫相對複雜，她們付出了相當多的時間和心力，我保存了她們當年為我整理的檔案資料，隨時查閱，我常想念她們。幾次訪砂，都受到當地朋友熱情的款待，並多所幫忙，謹此致謝。我也要感謝砂拉越留臺同學會、砂拉越華族文化協會、砂拉越華文作家協會、詩巫中華文藝社、詩潮吟社、友誼協會、美里筆會等團體的協助。

幾年下來，我竟只能有這樣一點成果，真是慚愧！輯一的七篇都在研討會上發表過，〈砂拉越華文文學環境的調查〉主要由六篇訪談實錄組成。輯二的七篇中專訪田農那篇，為了此次結集出版才定稿，因之而補記了一點背景在文末；劉子政那篇論文始終沒能完成，刊出的是原始簡報狀況，或可當一篇短文閱讀。必須說明的是〈重讀李永平《拉子婦》〉，為四十年前舊作，那時我全無砂拉越史地背景、砂華文學意識，甚至於東南亞華文文學的思維都還沒生成，但小說中的南洋背景、族群互動，特別是異族男女的婚戀，深深吸引我，那時我的文學趣味從獨鍾古今詩歌擴及現代小說不久，這篇小說評論還在試筆階段，往後對李永平有更多的認識，在課堂上講〈拉子婦〉多次，也曾到過砂拉越古晉，對《拉子婦》的理解當有所長進，但我仍珍惜當初的感動，除改動一些字句，盡量維持原貌。為使我的砂華文學之旅更具整體感，我也寫了「補記」置於文末。

我曾想好好討論詩人吳岸、田思，小說家巍萌、梁放、張貴興，社團星座詩社，刊物《文藝風》等等，但人生總有太多事與願違的無奈，畢竟有太多眼前的現實逼我正視。

我寫過一篇短文〈南方的誘惑〉，談我南向東南亞的因緣，提及導因於柏楊的華文文學之旅；也曾撰文〈我在東南亞華文文學領域的探索〉，自有其緩慢開展的歷程。現在想來，起點應該更早，在重讀李永平《拉子婦》時就開始了。如今，我先把砂拉越部分集結出版，接著要處理新加坡、菲律賓和西馬的部分，在這懸車從心之年，通過自我編輯，總結我的南向經驗，看看還能做些什麼。

我想把這本書獻給我在馬來西亞的朋友鄭玉輝和永樂多斯賢伉儷，我當年到詩巫演講和巡講全砂，都是玉輝兄費心安排的；永樂姊三十多年來對我的關心和協助，我銘感五內。祝願他們平安喜樂。

目次

【輯二】

【附錄】

輯一

砂拉越華文文學的價值

摘要

本文略述砂拉越華文文學（簡稱「砂華文學」），先簡介砂拉越與華人移民，乃至華文文學之生成，接著從砂華文學史舉出數例史實，包括最早的俚句和歌謠、來自原鄉的八閩詩鐘、從反日到戰後反殖時期的華文文學、六、七〇年代古晉「星座詩社」和詩巫《文藝風》雜誌、八〇年代以降的當代華文文學，藉此以明砂華文學價值。

關鍵詞：婆羅洲、砂拉越華文文學、黃乃裳、劉賢任、星座詩社

一、砂拉越及其華文文學

砂拉越在東馬來西亞，是馬來西亞最大的一州，位於婆羅洲的西北海岸，南北長約七百公里。婆羅洲隔南中國海與馬來半島（西馬）相望，是世界第三大島，總面積為七十五萬方公里；北婆羅洲即沙巴，是馬來西亞第二大州，在砂拉越與沙巴之間有一石油王國，那就是汶萊，更早之前稱婆利、渤泥、婆羅乃。至於南婆羅洲，即印尼之加里曼丹。

十九世紀中葉，砂拉越屬於汶萊王國的版圖，由蘇丹王叔瑪打・哈森擔任總督，英人航海探險家詹姆士・布洛克助其平定內亂，哈森乃讓砂拉越政權予詹姆士，時在一八四一年。次年，詹姆士受封為「拉者」（Raja，即「王」之意），以汶萊王國為宗主，越四年而獨立（一八四六），為英國之保護邦。

太平洋戰爭期間，日軍曾占領全島。戰後（一九四六）由第三拉者查爾士・梵納・布洛克讓渡予英國，成為英之殖民地，首任總督為克拉克爵士。不過反讓渡的浪潮終發展成長期的反帝反殖民運動，最後是在一九六三年加入獨立後的馬來西亞聯邦，成為其中一州，這股運動乃質變成以砂共為主體的反大馬運動，直到一九七三年才結束十年動亂，迎來和平，展開新的建設。

從拉者時代、殖民地時代到州政府時代，近代的砂拉越雖走在崎嶇的道路上，但總的來看是朝正面的、好的方向在發展。華人從拉者時代便陸續移民到砂拉越，這些來自閩南漳、泉人士，主要是居住在拉讓江下游，到了二十世紀初，成群的福州人、廣東人、興化人來到早在一八六二年就開埠的詩巫——位於拉讓江畔，北距南中國海約百公里的新興市鎮。

據統計，在全砂拉越，華人人口在一九六〇年底已近二十三萬，僅略少於當地主要原住民伊班人（即達雅人）；一九九六年的非正式統計，砂拉越華族人口是五十二萬一千六百人，占總人口的百分之二十七點八二，僅次於伊班族的百分之二十九點四五。華人社會在長期變遷的過程中，始終維持對華族文化和華文教育的重視，各種報刊不絕如縷。這樣的環境，和其他散布世界各地的華人社會一樣，應該會產生具有在地特色的華文文學。

從報刊來看，一九一三年九月在古晉出現了一份由「啟明社」（國民黨海外組織）創辦的《新聞啟明星期報》，是周刊，旨在宣傳革命思想，內容中有詩歌、小說及故事，這是砂拉越第一家華文報；而在詩巫，一九三九年七月創刊了一家華文報《詩巫新聞日刊》，有副刊，以「奔流」為名，刊載作品以抗戰詩歌為主。

根據葉觀仕的調查，到二十世紀九〇年代的中期為止，砂拉越先後創刊了六十四家華文報紙，「但能陸續發行的，目前只有七家」[1]。這些華文報頗多文藝性副刊，像古晉《中華日報》（一九五一～）曾有副刊「文藝陣地」，《新聞報》（一九五六～一九六二）有副刊「拉讓文藝」、「學園」，《砂勞越時報》（一九五八～一九六二）有「文藝行列」副刊，詩巫《民眾報》（一九六〇～一九六二）有副刊「赤道文藝」。最近幾年比較重要的幾家報紙，像古晉的《國際時報》（一九六八～）、詩巫的《馬來西亞日報》（一九六八～二〇〇〇）、美里的《美里日報》（一九五七～）以及行銷全砂及沙巴的《詩華日報》（一九五二～），都有文藝副刊，有一些是和文藝社團合作的版面。

就出版品來看，砂拉越華族文化協會的資料室曾於一九九九年編印了一本該會「現藏」的《砂拉越華文書刊目錄》（一九一七～一九九九）[2]，在四百多本華文書中，屬於文學者占主要的部分，出版者包括婆羅洲文化局、婆羅洲出版公司、拉讓出版社、星座詩社、詩潮吟社、砂拉越華文作家協會、詩巫中華文藝社、砂拉越華族文化協會、漳泉公會、美里筆會、砂拉越留臺同學會、砂拉越衛理公會、詩華日報等，基本上皆屬非營利性

1 葉觀仕《馬新新聞史》（檳城：韓江新聞傳播學院，一九九六），頁二三二。

2 蔡增聰主編《砂拉越華文書刊目錄》（一九一七～一九九九）（詩巫：砂拉越華族文化協會，一九九九）。

的出版事業。其中，文藝團體的出版品，在質和量上較為可觀。二〇〇〇年以後，詩巫友誼協會出版了一些十年動亂期間進入森林戰鬥倖存者的口述歷史，吉隆坡大將書行出版了一些書寫婆羅洲的文學專著。

二、俚句與歌謠：漂洋南下投荒的悲情

華人南下砂拉越投荒墾拓史，合該也是砂華文學最初的內容；形式則是民間的俚句和歌謠。

福建侯官人林守騆（一八八〇~一九六五）著有《砂羅越國志略》和《詩巫俚句》。他什麼時候到詩巫不清楚，但《砂羅越國志略》於一九二六年出版，是全砂拉越第一本華文書[3]，貢獻之大，自不待言。此書是砂拉越華文小學的教學用書，係政府委託撰述，可見那時的林守騆已是砂拉越華人社會的重要人物，想來已南來多時矣。

《詩巫俚句》，寫詩巫墾拓的歷史，是砂華重要文獻資料，也是砂華文學的珍貴資產。「俚」是「俗」的意思，稱「句」是客氣，其實是詩歌，所以這「俚句」便是俗曲歌謠一類的民間文學。以俚句寫詩巫，配合副題「新福州墾場小史」來看，可視為一首長篇敘事詩。

《詩巫俚句》共三百四十六句，每句七字，分上、中、下三部分。上有一百零八句，從「詩巫屬越第三省，福州墾場黃君捒」到「墾場成立是如此，簡單說明其元始」，對於新福州墾場成立的過程，包括黃乃裳舉人的出身、在戊戌政變中的遭遇、南來尋找墾地、招募同鄉，乃至分批抵達詩巫等經過，都有所著墨；作保的林文慶醫生、同行的「古邑文人陳觀斗」以及誤事的同榜舉人力艾生等人，在其中扮演的角色，都有所描述。

中有一百五十八句，從「船倪買喇新珠山，離河不遠看見山」到「長途短路相招待，船單掛欠還毋懶」，主要是寫從新珠山開始墾拓（「船倪買喇」是馬來文「紅水河」之意，其河水確呈茶紅色），從詩巫逐次發展的過程，其中提及黃景和試種橡膠成功，廣東人鄧恭叔孝廉亦到詩巫墾植，以及船運的開發等，皆詩巫華人史事；最值得注意的是，華人與伊班人的互動關係亦被寫進去了，包括巫語、拉子厝等詞彙的出現，以及彼此做買賣的情況等。

下有八十句，從「初離唐山來此地，景物風俗件件異」到「海邊拉子編草居，水上慣取水中魚」，主要是寫其「異」，重點擺在馬來人與伊班人（達雅族，俚句中稱「拉

3 劉子政〈砂拉越第一本華文書〉，《風下雜筆》（詩巫：砂拉越華族文化協會，一九九七）。

子」），對於他們的生活文化，包括婚姻、宗教、飲食、居住等皆有所描述，充滿理解與尊重，像「巫人和藹可相親，互相往來不必驚」、「拉子山居少到市……與人往來甚相信」，都表達族群和諧的景況。

作為一個「文士」（借用《俚句》中用語），林守騆選擇用「俚句」來寫新福州墾場的小史，必然考慮到移民主要是農工，唯有以這種通俗的形式與語言才能讓他們接受，並進而朗朗上口；而對於後來者來說，其中保存了大量的墾場史料，更是珍貴。

劉子政說《詩巫俚句》出版於一九五三年，他曾做箋註，發表在詩巫《詩巫日報》一九六四年的元旦特刊上，完整收錄於他的著述《砂拉越史事論叢（第二輯）》[4]，極有參考價值。

此外，劉子政從一九七四年起陸續刊布他所蒐輯的〈福州音．南洋詩〉，計有〈南洋詩〉（由福州到新加坡）、〈南洋詩本〉（由新加坡到砂羅越詩巫）、〈南洋路引〉、〈南洋十怨〉、〈南洋手巾〉、〈別妹去南洋〉、〈割柅白扇詩〉等七篇，劉先生並為其中的「福州音」做了簡單的註解，全部都收入一九九六年十月出版的《福州音南洋詩．民間歌謠》[5]，為其中的第一部分。

劉先生在〈序〉中說，南來砂拉越開墾荒地的福州人中亦有讀書人，在從事體力勞動之餘，將南來的苦況編寫成詩，「這些詩，每句都有押韻，讀來朗朗上口，是民間文學的一種。老一輩的人，大都會唱，有者全篇背誦得滾瓜爛熟，就這樣流傳開去」。這一段話道盡〈南洋詩〉的成因，也間接說明這些詩的價值：保存大量福州人到詩巫墾荒的史料，也清楚反映移民心境。

〈南洋詩〉和〈南洋詩本〉看來是一個完整的篇章被拆為二的，可以視為一首六百四十句的七字詩，從晚清的時代處境寫起，交代下南洋的背景原因，然後寫從福州馬尾出發，經廈門、汕頭、香港、新加坡到砂拉越詩巫的過程，以及在詩巫的經歷，包括工作與生活的情況、原住民的習俗，並且敘說一九二六年轟動詩巫的姦情案，一九二八年的詩巫大火等。作者以詩敘事，根本是一長篇「報告詩」。惟〈南洋詩〉一方面是福州音，亦含當地用語，對我們來說在閱讀上是雙重困難，幸有劉先生略作解說，增加不少可讀性。

〈南洋詩〉也是用俚句寫成的，「停落汕頭起落貨，隨後繼續又起程」、「看見香港好風光，滿山電火營營光」，即便是用閩南音來讀，都可以讀出韻味。從香港出發到抵達

4 劉子政《砂拉越史事論叢（第二輯）》（詩巫：砂拉越華族文化協會，一九九九）。

5 劉子政《福州音南洋詩．民間歌謠》（詩巫：砂拉越華族文化協會，一九九六）。

新加坡一段的敘述：「看見大海好驚惶，無邊海岸水茫茫，地接連天同一色，船飄大海更心惶。平風定浪尤則可，務風務浪無奈何，個人退悔在心頭，冒險海洋七日暝，大海駛進新加坡，大家歡喜笑波波。」情節極其動人。第六字的「務」字，福州音「有」，這就很清楚了。七日夜在海洋中的冒險，從「好驚惶」、「無奈何」到「歡喜笑波波」，把這些「新客」的心境之轉折寫得逼真。至於在詩巫的兩件大事：姦情案旨在勸世；詩巫大火，強調災情慘狀，在詩巫墾拓史上皆大事。

〈南洋詩〉以詩寫史，充滿悲情，應讓移民的後代都能閱讀，有必要詳加註解並標音；如能改編成戲劇，或以普通話重新創作，一定更有利於流傳。

三、詩鐘：八閩詩風的海外傳承

新福州的創建者黃乃裳是福建閩清人，原為舉人，先維新後革命，且多次辦報。這樣一位知識分子，一生卻沒有留下太多的著述，令人遺憾。根據劉子政的蒐錄，黃乃裳有〈紱丞七十自敘〉、〈對於巡警道憲詢及新福州墾事因述其顛末〉二文及手札、聯語若干。自敘長文寫於一九一八年，時在福州；寫後文時亦已北返福州。二者皆憶述之作。致陳楚楠、張永福二君一函，寫於辛亥革命之後，時黃乃裳任閩郡督府交通長；致張永福、陳楚楠、許子麟函件四通均寫於一九〇七年，時在家鄉閩清。至於聯語，現存者有黃仁瓊輯錄的〈港主聯語〉，計十餘則，中有四則係為友人新居所作，黃先生說：「既切當地之景物，又切主人之家世，淡雅而確切，誠非空泛者所可比擬。」[6]

黃乃裳的這些遺作實難歸屬於砂華文學，縱有文采，於今看來史料價值高於其藝術性，尤其是古典詩文，與其後在三〇年代萌生於此的新文學，畢竟沒有明顯傳承關係，勉強拉套，意義不大；不過有一點值得注意，那就是他的聯語：「平地起高樓，凌百尺嵯峨，野色蒼蒼開眼界；大江鄰左右，看千帆上下，水光浩浩豁胸懷。」「新民事業圖無逸，福地人家產有恆。州里桑麻開禹甸，總綱財貨學周官。公劉曾畫生民第，司稼常擔粒食憂。」前者為友人新居而作，蒼蒼浩浩，筆力遒勁；後者實為鶴頂格對聯三副，嵌「新福州總公司」六字成三對，內蘊新福州墾場的理想。墾場已建有學校，草創規模雖已粗具，但黃乃裳在詩巫前後僅四載，應來不及發展文藝。詩巫騷壇其後發展「詩鐘」，除秉承八閩家鄉盛極一時的「詩鐘」聯吟，或多或少和黃乃裳有所關聯。

詩鐘是及時拈題，限時聯對，是一種文人雅集的趣事，當然也是一種競賽。詩

6 劉子政《黃乃裳與新福州》附錄（新加坡：新加坡南洋學會，一九九七）。

巫之有詩鐘，由來久矣，大約在諸墾場穩定發展之後就出現了，但自從詩朝吟社創設（一九五七）以來，拈題徵作乃成風潮，迄今已出版六集《詩鐘選集》。

倡立詩朝吟社的人，也正是最早在詩巫編刊、寫抗日詩歌的「雅痴」（劉賢任，號止園，另有筆名啞蟬），一九六七年為紀念黃乃裳而創辦的黃乃裳中學成立，首任校長正是劉賢任，他嘗撰〈止翁劉賢任七十自述〉，看來是受到黃乃裳〈紱丞七十自敘〉的啟發。

劉先生傳有《止翁劉賢任遺作》（一九八六）[7]，內收舊體詩「困心吟草」，總計八十六首，主要寫於四〇年代日軍鐵蹄下的流亡期間，相當程度反映南洋抗日的心情，集前有如序一般的短文，係以原跡製版，署名「止園」，他說：「日寇南侵，對戰領區人民蹂躪至慘！余於一九四二年八月十五日逃出虎口，輾轉流離，莫名痛苦。傷時感事，寄意吟牋。」這就很清楚了，他寫詩主要是「傷時感事」，「寃血腥盈野，哀聲慘入天」（〈一九四二聖誕節〉），「鐵蹄蹂躪下，樂土變荒虛」（〈乙酉一九四五元旦〉），把當日慘狀作了特寫，也算以詩寫史了。

劉賢任十歲在家鄉福建閩清從塾師習韻對，稍後在中學時學「折枝」（即「詩鐘」），任教小學時與同事組「筆墩吟社」。南來後，倡立吟社，發展「詩鐘」，詩巫有豐碩的舊詩傳統及大量的詩鐘寫作，劉賢任的功勞不小。

四、從反日到反殖

劉賢任以新舊詩歌抗日，是砂華的抗戰文學；同樣經歷過日軍鐵蹄踐踏的文史專家劉子政（一九三一～二〇〇二），於一九五五年抗戰勝利十周年，撰〈詩巫劫後追記〉四萬餘字，從三月到六月發表於詩巫《詩華日報》，八月印刷成書，由該報出版[8]。這是他最早出版的一本書，其後著文史專書近二十冊，皆與婆羅洲文史諸事有關。

一九四一年十二月八日，日軍偷襲美國在夏威夷群島的珍珠港，發動太平洋戰爭，企圖拿下英屬、美屬、荷屬土地，短短五個月之內，幾乎占領了整個南洋。十二月十六日，日軍攻陷美里（在北砂）；十九日轟炸古晉（在南砂）；二十五日轟炸詩巫，並於次年元月二十九日接收詩巫，到一九四五年九月十七日正式退離，總計詩巫陷日三年八個月。

劉子政〈詩巫劫後追記〉寫拉讓江流域「上到加帛，下到泗里街」的淪陷情形，包括當地達雅族的動亂、日軍殘暴的統治、亂民和漢奸之作惡以及聯軍的轟炸等。作者實際走

---

7 劉賢任《止翁劉賢任遺作》（詩巫：華光印務，一九八六）。

8 劉子政《詩巫劫後追記》（詩巫：詩華日報，一九五五；詩巫：砂拉越華族文化協會，一九九五）。

過那一段歲月，記憶鮮明，他受到曹聚仁《中國抗戰畫史》、謝松山《血海》（揭露日軍侵略新加坡的罪行）的啟發，秉持司馬遷寫《史記》那種「實地考察之精神」，以記憶、聽聞、特定對象訪談、親臨現場觀察、參考剪報及史籍等，夾敘夾議寫成這部砂華文學史的大散文。

反日是民族的生存問題，反殖則是生命的尊嚴問題。砂拉越另一位文史專家田農在他的《砂華文學史初稿》[9]中用兩章來敘論「反殖運動時期的砂華文學」，砂華青年學者黃妃在田先生的基礎上寫成《反殖時期的砂華文學》[10]，這所謂的「反殖」，主要是戰後歷經布洛克家族將砂拉越讓渡給英國、中共建政導致砂拉越華人民族主義和社會主義高漲，最終演化成爭取獨立的運動，從一九五六到一九六二殖民政府實施緊急法令，查禁書刊、逮捕左傾分子，接著的大馬計畫（一九六三）導致十年的社會動盪，砂共進入森林和政府進行長期的鬥爭。

反殖時期的砂華文學不一定都反殖，但有一個值得注意的發展是：砂拉越意識的形成，且逐漸深化，詩人吳岸、田寧，小說家巍萌、李一文等，都留下了那個時期的紀錄。

五、「星座詩社」與《文藝風》

砂拉越有詩歌傳統，從聯語到詩鐘，從俚句到南洋詩，從抗日新詩到反殖新詩，與現實人生的對應關係都很密切。寫實作為一種文學主張，很多人都深信不疑，但平淡如水，或者口號式的吶喊，總欠缺一種韻味。一九五〇～六〇年代，臺港現代主義詩歌成為一種風潮，東南亞華人社會的詩壇亦受影響，菲律賓自由詩社（一九五九）、馬來西亞綠洲社（一九六七）、天狼星詩社（一九七三）、新加坡五月詩社（一九七八）的前行代詩人（如淡瑩、王潤華）等，都可說是廣義的「現代派」，而在砂拉越，一九六〇年代中期，開始有年輕詩人強調藝術性，通過《中華日報．綠蹤詩網》發表現代詩，其後在一九六九年又有《前鋒日報．星座》，一九七〇年正式成立砂拉越星座詩社，主要成員有劉貴德、陳從耀、謝永就、呂朝景、李木香等，通過詩展、詩獎、朗誦等社會活動推廣詩運，迄今未衰。

星座主要活動場域在古晉，而在詩巫，在動亂還沒結束的一九七二年出現了一本文藝刊物《文藝風》[11]，克風主編，總計出版六期。由於成員多為文藝青年，雖也標舉現實性，

9 田農《砂華文學史初稿》（詩巫：砂拉越華族文化協會，一九九五）。

10 黃妃《反殖時期的砂華文學》（詩巫：砂拉越華族文化協會，二〇〇二）。

11 筆者在國科會專題計畫〈詩巫華文文學調查研究〉（一九九九）的結案報告中曾編成〈《文藝風》目錄〉，未發表。

反對受臺灣「現代派」影響的詩（應該是針對「星座」），但已無反殖時期那種強烈的左傾主張，反映青年自身處境及內心渴望的作品隨處可見，這種文學的抒情性，應可視為擺脫激情、回歸創作常規的良性發展。

當年在《文藝風》發表作品的寫作人，後來大多沒繼續在文藝領域耕耘，包括主編克風。不過，克風在《文藝風》發行到第五期（七月）時就由雜誌社出版了自己的詩集《笑的早晨》[12]，在二十九首詩中，有〈大海歌〉、〈赤道組詩〉、〈我們的歌〉、〈黎明的村〉等，「縱然，這些詩都是那麼幼稚，但它到底是一個青年純真感情思想的流露」，「我的動脈還流著農村社會的血液，還呼吸著苦難同胞親情的空氣，我的許多詩也是這樣」，可貴的是，我們在他的詩裡讀到一種正向的力量，一種希望。

六、當代砂華文學

動亂結束以後，社會恢復了秩序，作為重要文學場域的華報副刊更積極扮演文藝傳媒的角色，文藝團體成為推動文學發展的重鎮。

除一古一今兩個既有的詩社——詩潮吟社（詩巫，一九五一）與星座詩社（古晉，一九七〇）以外，迄今都還在活動的三大文藝團體——砂拉越華文作家協會（古晉，一九八六）、詩巫中華文藝社（詩巫，一九八八）、美里筆會（美里，一九九三），都出版叢書，數量可觀，許多作家的集子都是長期寫作的總結，串成砂華文學史脈。

此外，砂拉越留臺同學會在詩巫、古晉、美里皆設有分會，總會規畫有「留臺人叢書」的出版，這也是支持文學活動一股很大的力量。再者，非文學性社團中，如擁有會館、圖書館的彰泉公會，有「彰泉之聲叢書」；由當年長期在森林裡武裝鬥爭的倖存者所組成的「詩巫友誼協會」，也策畫出版以回憶為主的叢書。

我們更寄望於一九九〇年在詩巫成立的砂羅越華族文化協會（「羅」已改為「拉」），它有計畫地蒐羅砂拉越華族文化資料，文學資料非常豐富，堪稱一座砂華文學館，其文學組所規畫之活動，有歷史感，學術性強，是具體而微的砂華文學研究中心。

田農的《砂華文學史初編》即該協會出版的，寫到一九七〇年星座詩社成立。事實上，爾後的砂華文學（可以稱「當代」），在不利於文化發展的政經條件消除以後，因著文藝社團和報紙副刊持續的交互作用，致使文學有較多元的發展。在此過程中，從港臺及西馬傳入的文學現代主義和傳統寫實主義相互激盪，砂華作家在與其他區域華文作家長期

---

12 克風《笑的早晨》（詩巫：文藝風雜誌社，一九七二）。

交流中產生邊緣自覺，展開書寫婆羅洲運動，終使四十年來的砂華文學漸有自我特色，並得以展現豐碩的文學風貌。

可以這麼說，砂華文學既已建立其傳統、文學社會也已形成；在新的資訊傳播時代裡，在網際網路的世界裡，砂拉越也必然全球化，上「犀鳥文藝」[13]與「犀鳥天地」[14]網站，了解砂華文學的情況，就真的是彈指之間而已了。

七、結語：砂華文學的價值

砂拉越是馬來西亞的一個州，所以砂華文學理當是馬華文學的一個組成部分，它豐富馬華文學，其盛衰將影響馬華文學的整體性；和其他華社一樣，砂拉越華人社會由華團、華報和華教共同支撐其文學的發展，但它欠缺正向政治力的協助，也沒有在地的學術力可以使之深化並擴大影響；最嚴重的是，整個社會無法支撐本土文化產業的發展，導致雖有印務，卻無出版市場可讓文學自在流通。

但砂華文學仍然存在，寫作人結集成社，用自己的力量以及可獲取的資源，推動文學的發展。整個來看他們的表現，正對應著華人移民墾拓砂拉越的歷程及其與在地族群的互動；作家秉其寫作信念與能力，記錄著自身處境與華人在砂拉越的生活狀況。這是砂華文學價值之所在。

跨世紀以來，從邊緣弱勢出發的「華語語系文學」[15]成為重要論述，「砂華文學」即「砂拉越華語語系文學」，自有其發生之背景、發展之過程，有其語境，有其呼喚婆羅洲山風海雨的豪氣與深情。

——發表於「文化高峰論壇：交流．融匯．跨越」，吉隆坡：馬來西亞華人文化協會，二〇一三年八月二十四日。原題〈砂華文學的價值〉。收入《文化高峰論壇：交流．融匯．跨越》（吉隆坡：馬來西亞華人文化協會，二〇一四）。

13 《犀鳥文藝》網址：http://www.sarawak.com.my/org/hornbill/index.html

14 《犀鳥天地》網址：http://www.hornbill.cdc.net.my

15 華語語系文學（Sinophone Literature）是國際漢學界新興課題，近年在臺灣和其他華語社會引起廣大回響。華語語系強調以中國及散居世界各地華人最大公約數的語言（主要為漢語，旁及其他支系）的言說、書寫作為研究界面，重新看待現當代文學流動、對話或抗爭的現象。臺北聯經出版《華夷風：華語語系文學讀本》（二〇一六），上述文字引自該書簡介。

砂拉越華文文學環境的調查：以詩巫為例

摘要

砂拉越是馬來西亞最大的一個州屬，位於婆羅洲島的西北海岸，和北邊的沙巴，合稱「東馬」，隔南中國海和「西馬」的半島遙遙相望。它在一九六三年加入馬來亞聯邦，卻引爆了砂拉越共產黨整十年的森林鬥爭。

詩巫位於中砂拉讓江下游與支流伊干江交會的三角洲，又稱「新福州」或「小福州」，那是因百餘年前福州舉人黃乃裳有計畫率福州鄉親來此墾拓所發展起來的。作為一個新興市鎮，如今的詩巫已經非常現代化，多元種族、共生共榮；尤其特別可貴的是，詩巫的華團、華教、華報整體營造了一個文學氣息濃厚的華人社會。

本文以為例，以六篇實地調查的訪談紀錄來呈現詩巫華文文壇的環境因素，從作家之養成、寫作狀況、發表媒體到出版發行，都有所交代，觸及的問題，在砂拉越具有普遍性。

關鍵詞：砂拉越、詩巫、華文文學、環境

一、詩巫：拉讓江畔一個文學氣息濃厚的城市

詩巫（Sibu）是馬來西亞砂拉越州的第三省，在中砂著名的拉讓江下游與其支流伊干江交會處。省會詩巫市非常繁榮，有「新福州」、「小福州」之稱，因為當年是曾參與康有為維新運動的福州舉人黃乃裳（一八九四～一九二四）先生有計畫地率鄉親來此開墾的，所以福州人特別多，他們從這裡再發展到其他地方，包含拉讓江上游的加帛（Kapit），甚至到北砂的美里（Miri）。

一九九七年十二月，我應砂拉越留臺同學會詩巫分會之邀去到這個完全陌生的地方。在演講之後，我獲得當地華文作者不少贈書，才知道這是一個文風特盛之地；對於像我這樣一位對新馬華文文學略有涉獵的臺灣學者來說，我因我對詩巫的無知而深感慚愧，乃積極求助接待我的朋友，請他們在最短的時間內，協助我搜集當地乃至於砂拉越出版的書。

記憶所及，那一回我從詩巫帶回來的書大約有五、六十本，有報館印的，有社團出的，也有自費的；其後我通過的國科會計畫有兩年以此為題（NSC89-2411-H-008-005、NSC92-2411-H-008-019），去過多趟，蒐集的資料當然也就越多了。我一直認為，文學是先有一個寫作的過程，再以單篇形式出現在各種載體上，最終必須通過「書」的形式才算完整呈現，其後的傳播流通、閱讀評論乃至於文學史的定位等，主要是從結集的出版品來進

行考察的，特別是隔代或隔空。因之，我從那些書得到一個總體的印象，即詩巫華人作家在艱困的環境下，竟發展出那樣熱鬧的文壇；詩巫華文作家通過文學和他們的社會進行對話，他們寫華族處境，寫自然生態，也寫他們走出詩巫、走出砂拉越、走向世界的旅程和心情；他們在詩巫活動，也到古晉（Kuching）和美里，到西馬和東南亞，甚至到臺灣、香港、中國大陸，和文友交流。

如所周知，東南亞華人社會的文學發展和所在國政府的華人和華文政策有很密切的關係，但來自於華社本身的因素更重要。根據了解，上世紀六、七〇年代十年動亂結束以後，砂拉越州政府基本上是不大壓抑華人與華文的，詩巫華社中的華團頗為昌盛，根據一九九五年的紀錄，詩巫總計有七十幾個華人社團（見《詩巫華人社團大觀》，砂拉越詩巫省華人社團聯合會，一九九五），這還不包括不在其中而致力推動華文文學的砂拉越華族文化協會文學組、詩巫中華文藝社、詩潮吟社等活躍的文藝團體，整體力量把詩巫營造成一個文學氣息濃厚的城市。

本文將以一九九九年十一月十八至二十日於詩巫從事實地調查的訪談紀錄來看當地的文學環境。

二、通過文藝版面鼓勵本地讀者寫作

受訪者：黃生光先生（一九四三～）

職　稱：《馬來西亞日報》總編輯

教育背景：臺灣政治大學新聞系畢業

李：您大約什麼時候到臺灣念書？回來之後的工作情況如何？請為我們描述一下。

黃：我在一九六七年九月回來，一個月之後便到《詩華日報》工作。兩年後，一九六九年四月到《馬來西亞日報》，從基層幹起，做地方版編輯，前後有三十年之久。除了報導地方新聞，報館也有所謂的「館評」（社論）文章。我是從這裡寫起的，內容有關社會的新聞。我先是在《馬來西亞日報》為了填版位而寫，每周一篇，署名「冬冬」。由於使用筆名，因此並沒有引起多大的反響。

李：您當總編輯多少年了？

黃：超過二十五年。

李：臺灣的結構比較不一樣。

黃：這裡編輯少，在其他小報館，總編輯就是地方版編緝。現在這樣的制度是我改的，下標題由他們自己去做，有問題我再幫忙看。

李：針對本地文學環境這部分，據了解一般本地人好像不太重視文學。

黃：不容易，因為市場太小，而且寫作人全部是業餘的，專職沒辦法謀生。出版一本書，再暢銷也不過三、五百本。你寫的散文、小說水準如果不及港臺，讀者寧願選擇後者，會買的通常只有十幾二十個。倒是具有歷史性的書，他們會買來參考。從事報館工作的人寫作比較多，出書的比較少；文藝社團人士或從事政府工作的作家出書較多。另外，旅臺中文系學生畢業出來從事教職，有較多時間寫，反而像我們在報館工作的比較難。

李：《馬來西亞日報》比其他報更重視文藝寫作方面。

黃：的確如此。譬如「小學生園地」一周有兩版提供版位與稿費給小學生。中小學生的反應都很好，可是這些小作家畢業後便不見了；即使一些家庭主婦，中學時代有投稿，後來也只替教會的叢書或刊物寫稿，寫一些有關親身的見證，縱使沒有稿費也無所謂，教會對他們的影響很大。另一方面，有兩個因素使得投稿不甚踴躍，一是工作忙碌，二是報章稿費不高，通常在徵文比賽的時候會出現比較大量的稿件。像我們也一樣，要是不在編輯部工作，就很少機會寫，畢竟零零碎碎的事情太多。

李：砂拉越華族文化協會在貴報有一個專版，他們是租借還是應邀投稿？

黃：我們是按版面撥稿費。

李：他們自己編好版送來嗎？

黃：對！中華文藝社也有一版，一般由他們自己編好送來。

李：報社有無針對文藝版面做過讀者調查？

黃：有過幾次，但不定時。

李：像砂拉越華族文化協會的版面一般都是較深刻的文化評論，這一點讀者反應如何？

黃：反應不錯，因為我們有約定，文化協會一定要是評論，不能偏向創作。

李：這是對的，版面區隔本來就很重要，何況報館有它一定的立場和分配版位的原則。就我看，這個版面的屬性較接近臺灣的副刊。除此之外，《馬來西亞日報》本身還有一個副刊吧？

黃：在學生的副刊是「莘園」，非在學生則是「集園」，各版同樣每周兩次。

李：一般上，稿費多少？

黃：一篇最低三塊錢，最高二十塊。按規定，小學生的稿費一篇不超過十塊，在學生不過十五，非在學生或職員不過二十塊錢，最高不超過二十，不論長短，但是不鼓勵長篇，以免占版位太多，剝奪別人投稿的機會。這樣不但鼓勵投稿，而且可以吸引他們看華文報，至少也會訂購一份報紙來看。

李：從長期或從比較大的角度來看，這種版面的作用很大。

黃：其實登學生的作品對其他學生有一種激勵的作用。

李：可以請學校老師稍微給予評介與討論。

黃：一些評審的意見也曾在一些書上登出來。過去，譬如公教中學曾經定期編專刊，至今已經登過好幾期了，大多數是讓高班學生創作。另外一間是黃乃裳中學，剛剛才開始。這點我們非常鼓勵。我們的副刊是使得這份報紙跟其他報紙不同的地方，現在還提供各校（包括獨立中學及政府學校）的華文學會在副刊上做專刊。另外，華團和華文學會組成姊妹會，我們提供「培苗」這個專屬版面，讓他們不定期刊登，一個好處是稿件全向他們徵，免除了自由投稿的退稿問題。以上這些，報館皆會發予稿費；中華文藝社的專版也不例外，條件是稿件不准轉載，評論本地作家作品的文章都可以，沒問題。我們盡量通過這些方法鼓勵本地讀者寫作。這可說是一個比較純創作的版面。

李：這幾個原則都很好，小學生有「小朋友園地」，中學生有「莘園」，非在學生有「集園」，還有報社自己的副刊。兒童文學在本地沒有比較好的發展？

黃：原因是投稿的地方不多，本地就只有兩家報紙可供投稿。我們所提供的版位很多，終究有一些必須被淘汰的。不過，因為其他報紙版位有限，我們得到的反應很好，以上「小朋友園地」、「莘園」和「集園」，從每兩周一期到一周一期，最後是一周兩期；中華文藝社的專刊一周一次；「文苑」和「培苗」不定期刊登。全砂拉越報紙就數《馬來西亞日報》提供最多文藝創作的版位。

李：這些副刊有專人在負責吧？

黃：基本上各人負責一版，金融版一人，新聞版一人……分開負責編輯，副刊版面由一個編輯兼編。

李：除了副刊，可否談談中學生徵文的部分？

黃：當初，報社工程落成時，我們曾經捐出一筆基金給獨中董聯會（獨立中學董事聯合會），希望他們每年撥出其中的利息，作為獨中年度徵文比賽的獎金，可惜辦了兩年就停了。如果他們繼續辦下去，那麼我們將會繼續出版「馬來西亞日報叢書」（出版過兩本）。開始時董聯會嫌反應不太好，曾想過是否可以擴大到非獨中去，可是我們只希望針對獨中來辦。

李：詩巫華文文學在砂拉越甚至整個大馬被認定的程度，你了解有多少？

黃：不了解。

李：《馬來西亞日報》的副刊在古晉看得見嗎？

黃：看得見，但是量不大，他們通常看本地報。《馬來西亞日報》的影響力重要區域集中在砂拉越中部，包括：詩巫，泗里街，民都魯，民丹莪等地。所以報紙銷量不大，平均銷售一萬多份而已。

（陳淑賢整理）

三、看到一些好文章覺得快樂

受訪者：楊詒鈁小姐（一九六〇～）

職　稱：《馬來西亞日報》副刊主編

教育背景：黃乃裳中學畢業

李：我已約略知道這些文藝副刊的版面，想進一步再做一些了解。像剛剛黃老總談到的，「小朋友園地」、「莘園」、「集園」，另外就是兩個文藝團體的版面，有定期的、不定期的。我剛剛問老總一個重要的問題，就是：這些版面在外面讀者反應的情況。

楊：我們現在「小朋友園地」有很多投稿，寫作很吸引小朋友。小學生對於他們的文章能登在報刊上覺得是件很高興的事，我們覺得這個可以帶動小朋友從小就有寫作的習慣。

李：我剛聽老總講到說，有時還必須改小朋友的稿子。

楊：對。我覺得小朋友的文章大同小異，好像是一種模式，老師教他們怎麼寫文章，他們就按照那種步驟來寫。改的不多，可能是有一些錯別字。就算在我們的「集園」也是有一些錯別字；還有現在因為我們有繁體、簡體字，現在學生都學簡體字，有時看不懂繁體字。

李：談到這個問題挺有趣的，現在他們學習的都是簡體，報紙是繁體，對他們閱讀有很多困難？

楊：是有一點困難。小孩子的家長就會打電話來說：「你們到底能不能換成簡體字？」他說孩子看不懂。我就盡量跟他解釋，因為分別不大，習慣了就很容易。我們覺得能推動繁體更好，這是我的看法。

李：稿量很大嗎？

楊：稿量很大，所以有時是很頭痛的問題，一直看這些文章覺得很疲倦了，有時看到一些很好的文章會覺得很快樂——還不錯，還有一些人用這樣的思考角度看東西寫東西。一般我們收到的都是抒發內心的感受，也是有一些特別的例子。我知道他們看了一些臺灣作家的作品，受到很大的影響。出來就業以後，他們會漸漸的失去那種寫作的意願，堅持的不多。

李：「莘園」的投稿情況怎麼樣？

楊：也很多，多半是學生。

李：詩、散文、小說都有嗎？

楊：小說偶爾會有，但我看到的小說都寫不好，很老套，沒有創新的感覺，寫故事而已。

李：中學生的詩作如何？

楊：中學生的詩作還是很淺白的，也是不能突破。有一個時期曾很流行，也收到不錯的、很有創意的，過一段時間又停留在那個階段，很難跨過去。可能是閱讀方面有一些問題，中學生也會找一些馬來文或英文來閱讀，反而華文方面比較少。

李：「集園」稿量如何？

楊：稿量也不少。比起青年、小朋友比較少，有時也會拖延到二、三個月才能刊登。

李：退稿情況如何？

楊：他們通常沒有要求退稿。

李：登稿率有多少？

楊：大概有六〇％。

李：「集園」和前面兩個版面有很大的不同，大概都是非學生在寫作。詩、小說、散文數量上的分布情況如何？

楊：散文最多，占了六〇%；其次是詩，占了三〇%；小說最少。

李：這個跟社會面，整個反映過來的情況差不多。詩跟小說這兩種文類越來越藝術化，也就是層次比較高，比較難寫。

楊：對。散文一般很普遍，表達一些生活上的感受。

李：在選稿上都是你一個人做決定？

楊：對！有些文友很能寫，如果我們全部把他退稿，他會認為我們太過主觀、有偏見，因為他真的寫很多；但我看他們寫的東西，都是那些流行的，好像從一首流行歌曲發展出來的，如果他們有一些改變、一些創意的話，還可以；他們借用這個故事，用一樣的模式，寫出來就是照著那個故事再重複一遍，這樣很沒創意。

李：基本上這是你選擇稿件的一個標準。看他表達的語言形式，究竟有沒有創意；如果抄襲一些流行歌曲，或者一些通俗性的東西，就不登了。

楊：比較喜歡看他們用較特別的角度來觀看、思考，會吸引我。

李：你在「集園」這個版面會不會受到文藝界一些朋友的壓力？

楊：有一點點。因為他會講：「為什麼不登我的文章？」他們在文藝界有一定的知名度，發表率很高；但若投給我，我沒有幫他們登，他們就會這樣說。

李：他如何反應給你呢？

楊：就是打電話給我，或者直接找我。多半是老人家比較會做這樣的事，他們覺得自己的作品一定會刊登出來。

李：你自己如何解決這個問題？

楊：我會向他們解釋，說這些文章不適合我們的園地。如果一定要登的話，可以換到其他版面，有一些版是給作家發表的，或是專欄之類。

李：作家會把稿件投到這個版面，是有許多期待。如果沒有發表，心裡不太高興。但是寫作的人已經習慣了，因為選擇還是在編輯本身。你長期在閱讀稿件，自己心中已有一把尺，那些東西好或不好，你自己會不會想評評這些東西到底好或不好？

楊：開始的時候會有，看久了就有一點覺得麻痺了。都是這些東西，沒有看到較特別的。剛開始會比較有興趣，覺得這邊該如何如何，或寫一點編後語。

李：你負責這個事多久了？

楊：編文藝版大概十二年左右。不過真正算起來應該從一九八六年開始。

李：你哪一年進報社？

楊：最早不在這裡，在《詩華日報》，大概一九八〇年初到這邊。

李：你在哪裡讀書的？

楊：在本地讀獨中，黃乃裳中學。

李：當年在學校的華語文教育，對你現在從事這樣的工作，有沒有很大的幫助？

楊：通常我們是注重華文的，對其他的語言有一種軟弱的感覺。我們接觸的都是華文，覺得自己只會華文。現在情況有一些改變，語言對他們最重要，學習上會比較辛苦一點，因為要兼顧三種語言，很不容易。我本身覺得自己英文很差，馬來文也不會，出來工作只能在華文領域。

李：在學校裡面，相對比較起你的同學來說，你的華文一定很好了。

楊：應該是很普通，不過作文比較好一點，這是從小學打下的基礎。

李：家裡影響很大嗎？

楊：我父親對我也有影響，他也喜歡閱讀。在兄弟姊妹之中只有一個跟我比較接近，其他的都往數理方面發展。另外有一個妹妹在臺灣念過大學，在淡江讀資訊。

李：以你目前對華語文的了解，覺得過去老師們那樣的一個訓練，你覺得滿意嗎？我的意思是這樣：以你現在的認識和理解，回過頭想當年在學校裡面，他們的教材、教法，還有老師對你們的期待，現在想想覺得滿意嗎？

楊：我覺得很滿意，因為那時候老師都很盡心；但家長都覺得賺錢重要！學生總覺得為什麼父母對他的期望會這樣，心理上有一些不滿意。老師有時也會覺得很困擾，學生對學業不認真。那時候我們也沒有很大的期望，沒想到要上大學什麼的，念完中學就好了，但老師有很大的期望，希望你能夠繼續深造。

李：你看目前獨中的華文教育和你當年讀書的時候，有什麼不一樣？

楊：因為現在很重視技職，他們可能覺得工作比較重要，我發現投稿者中獨中生比較少，反而是那些國中生，他們學校裡有華文協會，比較積極。這方面有一點奇怪，是什麼原因呢？就是說，國中生比較有投稿的意願，獨中生如果他有很強的表達能力，在文章方面有特別表現，就會很特出。

李：跟老師的教學有很大的關係，老師如果沒有積極鼓勵是很難的。國中裡面有華文協會，會想要去參加的，通常是真正有興趣的人。

您對「文苑」和「藝盾」的看法怎麼樣？

楊：我的看法是，他們不是專業編輯，稿件來源也是一個問題。

李：那為什麼不考慮到他們只是組稿，而整個版面是你們處理呢？

楊：可能是他們想要自己掌握，他們有自己的看法。

李：內容的部分，你們有沒有什麼看法？

楊：內容都不錯啦！因為文藝社也是經過甄選的。

李：比較起來，文藝社同仁作品的品質，跟你在「集園」所登出來的，你覺得怎麼樣？

楊：「集園」比較參差不齊，有的水準相當不錯，不過，我多半是鼓勵他們努力投稿，多半會給他們機會。他們不一定寫得很好，過得去，寫通了，就登了。

李：您自己創作不創作？寫不寫？

楊：以前有寫，寫過新詩，後來覺得沒有那種才華，多半只是寫一些小品文。

李：也在自己的版面發表嗎？

楊：我還編另一個版面，以前是給我們自己的編輯跟記者，現在也公開給外面。以前叫「犀鳥鄉情」，現在改成「星期天市集」，是一九九三年開始的，反應很不錯。我自己也寫。

李：寫很多的話有沒有想要印書呢？

楊：這我考慮很多，除非我們有經濟能力。

李：一本書要花多少錢？

楊：現在大概要兩三千馬幣。

李：兩三千對你現在經濟能力的負擔很重嗎？

楊：是可以負擔得起啦！不過，沒有意義，出了書以後，看到自己的書擺在那裡沒有人要買。

李：你有沒有想要向外面去發展？有沒有在其他報投稿，如《星洲日報》。

楊：沒有。

李：感謝你提供很多有關於副刊編輯的資料，以及對這些版面的意見。

（余姒珉整理）

四、一彎新月照詩巫

受 訪 者：黃國寶先生（一九四八～）

職　　稱：詩巫中華文藝社社長

教育背景：古晉中學畢業，後轉讀英校

李：我第一個想請教的是屬於你個人的部分；第二個，我想對你來說比較重要的是「中華文藝社」；第三是和詩巫的華文文學有關。

黃：我看就從我加入這個團體說起，應該是一九八七年的時候，認識了一批喜歡搞舊詩詞的朋友，那時他們已經籌組成立「詩巫中華文藝社」了。跟他們一起以後，覺得還可以談得來，就成為他們中的一分子了。

李：這個地方我想了解一下，你為什麼對這些東西（五七言律絕等）有興趣？

黃：是這樣的，念書的時候，我們這個地方還沒有加入馬來西亞，華語還是叫國語，我們讀的是中國歷史、地理，所以很自然的有機會學到詩詞，而且這個東西又美。當時也沒想到文學跟社會有些什麼關係，純粹就是去學。這段期間，馬來西亞的華文教育面臨很大的危機，這部分你可以去找一些資料看，這裡扯起來太長。我本身是個公務員，對這些事情我也有一種感受，是華人，覺得我們既然已經搞這些東西了，乾脆就把它擴大，用舊詩詞是不行的。最初雖然只是那些不怎麼成熟的舊詩詞，不過我們的自信在裡面，對這個社會有一種看法，對政治和其他，都有我們的一些心意在裡面。因為這個團體裡面，大家的文化水準都參差不齊，他們說，你提議搞副刊，那你就要負責。我是被逼上馬，不是自願，就因為這個因緣，所以就去編。經過了幾屆的理事以後，有些退下去，有些留下來，幾個主將又不在，所以我再煽動我老婆，就是這麼簡單。自己也覺得，既然要當副刊的編輯，就要懂得這些事。我最初編的時候叫做「新月」，在《詩華日報》，我們還有一個副刊，專門發表舊詩詞創作，叫做「中華吟草」，《詩華日報》和《馬來西亞日報》都有。很不幸的，「新月」好像到了五十多期的時候，《詩華日報》說他們自己要用這個版位，把它停了；很幸運的，我們在《馬來西亞日報》再開拓一個文藝園地，就是一直流傳到今天的「文苑」，到現在已經超過了五百期。

李：你們自己都有保留下來嗎？

黃：有。這中間我們又為了「新月」那種感情，無論如何都要把它復刊。沒有辦法，搞一個小報紙叫做《新月文藝》，出版了三期就停了。

李：是報紙型的嗎？

黃：對！我們也辦文藝營，不過只給一些挑選出來的文友，就是說我們覺得他寫得不錯，好像很有心，就招集他。這種小型的文藝營，有時候只有十多人，有時候是不上十個；有時是專題的，或者針對他們的作品，我們也邀請像增聰、古晉的田思，還有其他有些路過的學者、教授、作家，就把他們留下來跟我們講一課。我們常是借助這種機會。那時候不知道「新月」稿源有限，有時候就碰上這種麻煩，差兩千字，我自己只好去寫，把它補上去，在這種情況之下，我會去寫一些東西。後來我們有四個人還在報紙上寫那種小框框，也編了一本《洗耳集》出來。那段日子倒是寫得相當勤快的。

李：《洗耳集》裡面你用什麼名字？

黃：我是用「阿土」。那時《詩華日報》開了一個版面，叫做「風采」，我也曾經在那個園地寫了一陣子。其實更早以前我曾經在它的婦女版用一個女人的名字，寫過好長一段時間，還闢了一個欄，叫做「灶邊人語」。

李：那個名字叫做什麼？你既然已經說了就乾脆說清楚。

黃：牛嬸。大概我寫作就這麼多啦！

李：你這些東西，我們今天來說是廣義的散文，是方塊文章、報章文體，主要還是面對生活、現實問題，批判性比較強。

黃：可以這麼說。有時候還會引起迴響，電話會響。弄到後來，報上出現一些比較敏感的文章，他們都當做是我寫的。

李：還沒上過法庭就沒關係。

黃：這個無形中對我也是一種打擊，讓我覺得這個地方一點講真話的空間都沒有，雖然牢騷很多。

李：寫作本來就是個情緒的出口，非常重要。當你寫文章罵人，已經沒有人理你的時候，你會覺得更寂寞。關於詩巫中華文藝社的近況，可不可以多談一些？

黃：我現在還擔任主席，會務與經濟有關。經濟走下坡，很多的活動你去找贊助人，好像他們很勉強，我們就不要，我們就是這個性子，有時候你去找人家，人家反而會問你文藝社究竟是什麼團體？他們要唱歌、跳舞，看得到的東西，所以我們有一部分的成員已經移到表演藝術，像書法啦！搞這類東西，筆一沾墨滴下去已經有東西出來。不過人各有志，我們就這樣下去，社員中，真正有活動的十來位，文藝社如果說沒有活動也不好，每個星期四我們定期出版「文苑」。跟這些文友，我們就通過副刊的負責人來聯絡。我認為文藝團體，最重要的是在這方面鼓勵。學校華文協會需要的話，要我們去主講，我們都會答應，總希望能吸引他們的興趣；我們還幫助一些學生組成一個叫做「培苗」的團體，一九九〇年成立到現在，已出了一百五十多期，到今天還繼續出版，在《馬來西亞日報》，一直都是我們在協助。

李：怎麼協助？現在。

黃：過去的十年，我們每年都會舉辦一個寫作研習班，教他們欣賞文章、寫作文，後來變成專門教他們去應付會考。但是我們也覺得很高興，這麼多年來，也漸漸的發現，讀中文系的回來，並不是只能教書，多少都改變了一種觀念；而且覺得好多同學都很勇敢，想念中文系就去念中文系，所以我覺得我們應該有一點點貢獻在裡面，在這方面，我們的努力沒有白費，那段時間過後，好多人去念中文系，這個就是我們的一種心願，多多少少看到一點成績，過去念中文系認為說只能教書，現在不同了。

李：你們原來出版的「拉讓盆地叢書」，目前出版的情況如何？

黃：我們最主要是把文學獎的作品編成一本，也有個人的專集，不過這方面就要看經費，沒有錢就不能動。不過現在我們把東西轉到網際網路上，目前我們有兩個網站，就存有這些東西。

李：這個網站有名稱嗎？

黃：有啊！一個叫做「犀鳥文藝」，另一個叫「犀鳥天地」。我們的內容可能會擴大，就是把砂拉越所有文學團體的資料輸進去，野心很大，能做多少就做多少。

李：從臺灣上網還是可看到。

黃：可以的，沒有問題。最近找到您好多的作品，都是評論文字，我覺得跟我們馬華文學有關係的，我們都盡量收集，但著作權我們沒有，都是原作者的，他如果來信說，請你不要登上去，我們就拿掉。

李：「拉讓盆地叢書」目前編到第幾本了？周翠娟的以後……

黃：周翠娟的以後，好像還有；現在有多少本我都忘記了，十六還是十八本，應該是十八吧！後面兩本是萬川的《魚在言外》和《草葉集》第七輯《綠苔》。

李：目前有還在編的嗎？

黃：還在編的是一本叫做《上谷齋文集》，是侯越英的遺作，我們把它收進來。希望明年初就會出版，因為他東西很多，突然間就這樣走了。現在整個目錄已經有了，就是作品還沒齊全。

李：文藝社的情況大概是這樣。進一步我想請你談一談，關於我們詩巫華文文學在整個砂拉越，甚至於在整個大馬，它的地位或處境如何？從外面看進來，我們常常看不清楚。你覺得看不進來到底是什麼原因呢？是作品不夠好呢？或是活動不夠多呢？還是人家小鼻子小眼睛不願看呢？

黃：我看這問題，歸根究柢就是我們的料還不夠。這個應該實話實說，我自己有這種感覺，以前有什麼名家過境，我們其實都冒冷汗，覺得：第一，資料缺乏，你不知道來者是何方神聖，不像今天這樣方便了解。再說，你閱讀也不夠，以前書籍很少，現在比較多了，新的書吉隆坡很快就會寄過來；更快的網際網路，所以我覺得資訊方面現在已經能夠補足這方面。但大家真的要對文學有那種虔誠的發心，把它當做一個信仰，努力去讀、去研究、去寫，慢慢的就會提升，等到達到那個階段，似乎要產生一兩個李永平也不會很難。我相信我們這裡有這樣的潛質，有這種可能，文學的東西也不是做給人看，主要是自己的修為，所以我覺得不用急於讓外面的人來肯定。詩巫這個環境很特殊，大家都知道，過去一代的人沒有機會讀書，今天他們賺到錢了，也許有人說他附庸風雅，說他覺得對自己過去不能做到的，今天卻有人在做，願意出點錢幫助他們，這都是好事。

李：對！其實環境條件假如成熟的話，文學、藝術的發展，會比較順暢。

黃：還有，從詩巫開始有文學活動到今天，在我們之前曾註冊過一個文學團體，但是沒有活動，好像是「拉讓華文研究社」。他們從來沒有活動過，註冊拿到了，沒有活動，後來解散，接下來就是我們。奇怪的是，「中華文藝社」以後就沒有一個文學團體成立，可見這一行難做。那我們這一批就好像是入錯廟，從這裡可看出華文文學在這裡的發展，我看前途是很辛苦。還有就是教育，我們的華文教育，雖然獨中教的是純華文，但老師都不怎麼鼓勵學生去創作，這個很重要，老實說，增聰在這裡，我也不怕他生氣，也不怕你認為說我對臺灣有什麼意見，或是臺灣同學有什麼問題？沒有！這就是我一直要講的話，我們過去一直冀望好多留臺同學回來，中文系、外文系，很多系的都回來，他們能夠進入「中華文藝社」，畢竟他們有經過訓練，他們來領導、他們來推動、他們來開班傳授，或者引介教授進來，只講一個晚上已經獲益不淺了。但我們等到今天好像還在等待果陀，這個令我真的失望，所以我對留臺同學，還是不談好，因為實際沒有做什麼東西。今天留臺人推動文學、創作，你們認為是比較高層次，但是不要忘記，底下呢？誰去培養這些人？總要有人去做一些基礎的工作。小學有華文課，中學可以念獨中，大學可以去臺灣，或者去中國；但寫作的東西就沒有，這一段就沒有，只有學校作文。我們這裡做過幾次華文徵文比賽，由報社辦的，每一次獎全部落在古晉，為什麼這樣？這是一個很大的問題。我們這裡沒有老師嗎？沒有獨中嗎？不是沒有，鼓勵也沒有人真正出來做，只有我們這幾個，我看也做不出什麼名堂。希望反應給留臺同學，很重要的，社會對你們的冀望，你們要回饋社會，要回饋什麼？尤其是念中文系的；還有就是關心，很重要。為什麼余光中只訪問沙巴沒有到砂拉越，更不要說到詩巫。沒有人聽啊！來了你們也不懂；誰說的？

李：沒關係，我想這些意見都對。演講那天晚上最後有人問我一個問題：你覺得我們砂拉越華族文化協會在文學這個部分還可以做些什麼？我劈哩啪啦講了很多，其中談到一個常設性的寫作班，所謂常設性就不是一次、兩次就算了，這樣一個班到底怎麼去規畫？臺灣有很多經驗，耕莘寫作班，人家以一個教會長年在做這種文學教育的工作；救國團長期在辦復興文藝營，就像我是九歌文教基金會的執行長，我們也辦小說寫作班，那樣的東西對於喜歡文學的人是比較正規的學習。剛剛你認為「我們自己做的還不夠」，當然這是很謙虛的話；不過你還有比較樂觀的一面，就是當這個地方的環境條件到了一個地步，出一兩個李永平好像也沒什麼困難。

黃：我覺得我們這一類人都是這樣。有時候很興奮，有時候就覺得很沮喪，是不是就因為這種關係，所以才比較適合搞文學。當然我們也不是空歡喜什麼東西，都有一種根據，好像說我大概再做兩年就從公務員退休。這方面我還可以真正去推動！我可以有更多時間去寫啊！

李：最後你給我一點個人的背景資料好嗎？

黃：一九四八年出生。古晉人。你一直強調說，外地來這裡定居的也是詩巫人，我一九七三年來到現在。我還是很常回去。

李：你是什麼時候畢業？

黃：我只念到中學。而且念很多間學校，因為是問題學生哪！華文學校讀到初中三年級，然後就轉到英校去。

李：你編的書很多，個人的作品集現在還沒出版？你的筆名中有一個「鐵箏」，是使用得比較多的嗎？

黃：其實鐵箏用得很少。另有個筆名叫「田井」，是最早寫舊詩的時候用的；近年比較常用的是「石樵」。

李：今天很高興能和你聊這麼久，非常感謝。希望能早一點看到您完成的作品集。

（余姒珉整理）

五、可能是因為拉讓江的關係

受訪者：黃孟禮先生（一九五七～）

職　稱：《衛理報》主編

教育背景：英校畢業，農訓中心一年

李：我的問題分兩部分，一是關於你個人的部分，一是關於詩巫文學的部分。先談第一部分。

黃：我大略將自己的寫作歷程敘述一下。小學五年級時，因為寫作受到老師的讚許而產生對創作的興趣。小時候家裡也有很多書籍，比如《三國演義》及《水滸傳》等書，小學六年級時便看過，雖不太理解。我自小對中文便有一種熱愛，就當時的教育制度而言，學校大多以英語教學為主，華文很少，所幸有好的老師發掘個人的興趣。但是我受華文教育也是到初中為止，高中以上沒有再念，所以基礎不好。畢業後我便從事農場養豬業，三年後投身新聞界，前後達十二年之久。後來再轉到衛理教會負責「事業部」，至今已有六年。

李：你出版的兩本集子是《薪火集》及《馳騁集》。《薪火集》屬於報導性文字，尤其當報導的文章經由結集成書後，它就具備了史料性和文學性，因此也可看做是一種文學。至於《馳騁集》則是短而精悍的雜文，對現實直接命中要害。請問這樣的書，你前後寫了多久？

黃：記憶中是在八〇年代完成的。其實當時我寫了許多東西，這書只是其中的一部分，礙於言論限制，有一些文章不得刊登。

李：那些未曾刊登或結集成書的文章是否還在？

黃：有一些還在，一些用筆名取代，譬如用「啄木鳥」寫專欄，可惜寫過幾篇便被排擠出局，這種情形在往後依舊不斷發生。當時原本打算出版另一本書，書名也有了初步的構想，我把它叫做「黑白集」，題材來自我採訪時遇到的一些社會名人的各種樣態，大多是屬於較具諷刺性的雜文，我希望明年可以出版。此外，我還出版了一本關於有機農業書《沼氣池手冊》（*A Hand Book Of Biogas*），寫一個來自斯里蘭卡（Srilanka）的人和事。

李：關於詩巫華文文學部分，我們相信詩巫的文壇早已經存在，同時本地的文學傳統也在歷史發展過程當中斷斷續續地形成。相對早期，現在的情況可說比較好，你對目前這個環境滿意嗎？

黃：就整個砂拉越而言，詩巫的文學環境不壞，華人大體上很重視華文教育，他們有一定的文化素質，譬如詩巫華人曾經將一位部長「拉下臺」，這當中展現出詩巫華人獨特的觀點與判斷力，並不為了討好某些執政黨而委屈自我；另一方面，詩巫華人的包容力相當強，別地區的作家組成了各派，來到詩巫，我們會包容他，但是並不容易受其影響，可能這是因為我們有拉讓江（Rejang River）的關係吧！

李：你談的是一個大的環境。至於此地文學作家寫作的情況，沒有辦法像臺灣和香港的文學作品一樣，可以轉化為商品，這樣的產銷結構是一體的，市場可以提供作家某些所需的東西。這種現象在本地基本上沒有。

黃：對，還差得很遠。教會也嘗試出版書籍，卻面對市場的問題。除非這個人的名望很高，或擁有非常感人的經歷，否則很難獲得市場的接受，一本書若能銷出一千本就已經很了不起了。

李：既然文學的土壤已經形成，如何在這塊土地上播種，讓它開花結果？

黃：除非他願意抱著殉道者的姿態來從事寫作。因為這是一個現實的社會，即便是文化協會本身也得靠幾個財團背後支持，否則也很難；加上近來經濟不景氣，出版經費也相應減少。文學作品純粹是一種陪襯。

李：從過去的歷史經驗來看，企業界或者政府、財團對於文化的回饋應該是一種必然，因此文學作品未必只是附庸，它應該具有一點歷史感與使命感。按理來說，社會可以提供它成本，如果社會做不到，政府或企業財團應該協助，因為他們的資源本來就來自於廣大的社會。因此從利潤所得裡面拿出一部分來回饋在學術文化上，應該是一件很重要的事情。然而，社會如果無法提供它成本，就令人感到遺憾。這等於是說，讀者沒有回饋，這樣寫作者是非常寂寞的。

黃：砂拉越的華人人口原本不多，大約只有五十四萬人，除去小孩、少年，所剩只有二十多萬人。臺灣有兩千多萬華人，情況不一樣。

李：一般人談及馬華文學，鮮少提及詩巫，理由可能是什麼？

黃：一方面是地理環境所致，西馬和東馬有一段距離，文壇事跡往往會被忽略，譬如近幾年來，文化協會及其他出版社曾經出版了許多書籍，但都未被西馬文壇重視。另一方面，一般人對於馬來西亞多半著重在西馬。無論如何，以上種種現象將有可能改善，主要是砂華文壇本身出書不斷；另一方面，臺灣及大陸學者對砂拉越的福州人南遷的歷史所做的研究也越來越多。

李：你個人的資料當中提到，未來的寫作方向將會專注在鄉土的報導與土著文學之上，是否有較具體的計畫？

黃：每周六，我在《馬來西亞日報》有一專欄，我通過這一欄來發揮，但是並沒有很好的規畫和充分收集資料的時間，一切都顯得很凌亂。

李：從這些現有的剪報裡我們可以看到它的未來性，說明本地的一位作家有意識地通過報導文學的形式，把本地的歷史、地理相結合，告訴人們他們所擁有的東西，這是非常有價值的。

（陳淑賢整理）

六、詩巫未來的文學發展會越來越好

受訪者：蔡增聰先生（一九五九～）

職　　稱：砂拉越華族文化協會秘書

教育背景：臺灣大學中文系畢業

李：留臺人在詩巫扮演重要角色，你也留臺，而且是中文系科班出身，你能不能談談留臺人在詩巫華文文學發展上的影響？

蔡：據我的觀察，馬來西亞學生留臺的歷史大概可以追溯到五〇年代末。六、七〇年代時期，這些旅臺生已經有出版一些刊物，如《北風》就是由汶萊、沙巴及砂拉越，當時稱作三邦校友會所出版的，裡頭就收集了不少文藝創作。隨著政治變遷，「馬來西亞」成立，三邦校友會被迫解散，繼之而成立的是砂拉越旅臺同學會，出版《砂勞越青年》，這是一本綜合性的刊物（前後至少十二期），其中一部分是文藝作品，雖然為數不多，作者也不盡是文學院出身，但願意寫作的人倒還不少。然而，這批人返馬後並沒有成立任何文學組織或活動，主要因素可能是臺灣文憑不被本地政府承認，使得他們倍感挫折，加上忙於謀生，以致忽略了文學創作。有一些從事報館或文化機構工作的人曾積極地推動，只是較鮮為人知，譬如黃生光先生自詩巫《馬來西亞日報》初成立的幾個月內便加入了工作行列，凡文藝副刊上所選的作品，幾乎都是經過他處理才得以出現的，可見他是一個相當重視與鼓勵文藝創作的人。

留臺生畢業返國後不一定會將其所學完全表現在文藝創作上，反而比較積極地創辦與參與其他文化領域上的活動，特別是詩巫華團組織，如統籌華文獨中的董聯會。這方面留臺生對詩巫華社的回饋不少。唯有閒暇之餘才寫作發表，持續性創作的人不多。

李：留臺生返馬後從事華文教學工作對寫作風氣有什麼具體影響？

蔡：這一點需考量到整個獨中的環境。就過去的經驗，我也曾通過獨中華文學會來發表個人的作品。但是初返國時，獨中的教育都專注在考試，華文教學的作用就是希望學生考獲好成績。因此把課餘時間用來創作被看做次要。另一方面，詩巫華文獨中自八〇年代以來即採取一種菁英政策，好的學生自他們初中開始便被安排到較實用的課程上，譬如工程或醫學等，希望將來能當醫生及工程師。而這些有潛質的學生在創作上往往也非常優越，在我們所編的刊物《新潮》可證明這一點，只是制度因素使創作變成次要。

古晉的文學創作風氣比詩巫盛，因為當地從事文藝創作的人比較積極，影響力也比較大。八〇年代後期，文藝社曾跟不同學校接觸，在學校辦了一些活動，我也曾到文藝社去開過一些課程。總而言之，環境是一個重要的因素。當今，從留臺生中我們能觀察出從事寫作及文學研究的西馬留臺生人數比東馬留臺生多，一方面是臺灣文學環境的薰陶，譬如西馬一些作家在臺的文學創作表現優越，臺灣從事本土研究與創作的風氣很盛，刺激留臺生也想畢業後返馬從事類似的工作。這種情形過去（約五〇年代時期）還未出現。以上種種都有一定的影響。

李：楊詒鈁小姐曾經提到《馬來西亞日報》裡有一些專門提供中學生投稿的版面，發現國中生投稿的比獨中多，這是什麼因素？

蔡：過去在國中兼課時，我發現國中生學習華文並不亞於獨中生。實際上，國中缺乏像獨中這種學習華文的環境：一、凡是想修華文課必須向校方爭取；二、國中華文科師資經常面臨不足，當中有一些老師也未必合格。因此學生會特別珍惜任何學習華文的機會，以提升個人華文的程度。雖然如此，國中教師並沒強烈要求學生創作，至於有些徵文比賽，國中生有時比獨中生更優越，有可能是他們來自由獨中改制過來的國中。再說，一般從華文小學畢業升上華文獨中的學生人數往往不超過十五巴仙，因此進入國中的學生就素質及人數而言都比較高。因此好的創作者不應純粹從出身的學校來看，天分、興趣與後天的努力可能也非常重要。

李：令我感到好奇的一點，獨中教育特別注重升學與實用性，文化排在其次。除了以上兩項因素，難道老師的熱誠不夠，或社會沒有足夠的誘因，讓青少年通過創作來表達他們內心的情感波動嗎？

蔡：答案是肯定的。就獨中來說，擁有創作天分的學生當然很多，問題是：一、他們創作的背後沒有人推動，熱誠因此漸漸冷卻；二、學校和課業的壓力，使他感覺創作很浪費時間；三、獨中應屆畢業生必須應付兩種考試（獨中統考和國中高等教育文憑考）等。各方面的壓力造成他們對創作的熱忱大減。

身為老師，他背負著把學生造就成材的使命，如果帶學生出去參加創作比賽，一定不會受到家長的認同。當年我在公教中學任教時，曾經在《馬來西亞日報》副刊開闢一個學生園地，就是比現在的「培苗」更早一點的一個專欄，名叫「新力」，意思是在寫作上剛剛成長的學生。另外，我也曾在《詩華日報》屬下的《新華晚報》增闢一個欄位叫做「文風」，專門刊登公教中學非華文部學生的作品。不過目前這兩個版位都已不復存在。從學生的反應可以發現，獨中學生比較能夠適應有步驟和方法的推動方式，以此造就出一些寫作的人才。

李：請問當年你到臺灣念書的動力是什麼？是一步一步被情勢所推動的嗎？

蔡：就我身為國中生的身分而言，我在小學先接受了六年華文教育，不過推動我對中文的興趣來自閱讀。自身並非生長於書香門第，住在小地方，平時因為空閒無聊，因此經常看書。小學時期我閱讀了大量的漫畫；到了中學，家中漸漸累積了許多書籍，譬如《當代文藝》。當時因為對華文的熱愛，忽略了其他科目，整個中學過程看過不少書。當時華文是我最拿手的科目，花在溫習功課的時間卻最少，但我始終沒有想過念中文系。後來我到詩巫念英文先修班時，才正式接觸中國文學。馬來西亞的教育雖採五年中學制，但是剛從華校畢業的學生必須先上一年過渡班，以適應完全英文教學，如此算下來，前後總共六年。六年之後再念一年半大學先修班，經過考試晉升大學。英文先修班這一年，學校要是有老師，政府會允許開辦華文課，但是選修的人數可能少至一、兩位。當時在詩巫，我們可算是第一批來自公教中學修華文課的學生，由來自中國上海復旦大學的一個老教授教導，他對我們影響非常深遠。我的華文科會考曾經獲得特優，當時許多人都很訝異，畢竟那是很少有的。我的興趣是教書，從未想去臺灣。後來獲得家人鼓勵，於是立志選讀臺大中文系，如果被分派到僑大先修班，我就不念，結果我獲得直接分發。當時已經從事一年教學工作，我割捨不下，校長勸說念了書依舊可以回來教，於是我便到了臺灣。對於創作（譬如散文），我認為那純粹是個人性情的抒發，從沒想過寫小說，主要對中國古典文學較感興趣。當時個人的中文程度不成問題，成績相當不錯，畢業之後沒有逗留的打算，當時只想往別的領域學習，尤其是歷史。於是我申請到紐西蘭，被錄取了，但我終究沒去。

我沒想過在臺念研究所，當時考研究所的條件相當嚴格，砂拉越甚至於全馬的旅臺同學留下來的人絕少。隨著教育普及，現今擁有學士學位者幾乎滿街都是，「大學生」已不再稀奇，何況臺灣研究所的錄取資格有逐漸放寬的跡象。近幾年來，馬來西亞的文化逐漸開放，比較自由，文化的建設由過去掙扎求生的性質轉換成注重與外界的交往。因此人文研究和文化政策方面，從傳統文化跨出一大步，朝向更高層次的領域發展。由於這種種需求，有人開始認為有必要去念這一些課程。話說回來，臺灣整個大環境的改變也很重要，它普遍有一種學術和文化研究的風氣。相對於過去，近幾年來，這種學術研究的風氣尤其明顯。有些教授在大學部就要求學生朝這方面來做，引發學生對某些領域的興趣，不只修滿學分而已。

李：假設砂拉越文壇針對學院階層來辦一項文學獎，像西馬所辦那樣一個有制度的大型文學獎，你認為相對於西馬的文學獎，會有什麼不同？

蔡：實際上我們曾有類似的文學獎。當初，《馬來西亞日報》新大廈剛落成時，他們曾經籌得一筆錢交給詩巫董聯會來設立一個常年文學獎，這個獎主要針對中學生而設。可是前後只辦了兩期就終止了。

文學獎固然可以拉近東西馬文人社團的距離，但是必須考慮到一些因素，譬如評審問題，東馬的文學一向很少受到西馬文壇的重視。西馬人向來有一種觀念，他們所謂全馬一般指西馬，不包括東馬，可見過去兩方極少聯繫。另一種情形是西馬人對東馬的歧視，一般上他們對東馬都不了解，也鮮少想去了解。不過隨著一些交流的開放，雙方已逐漸重視起這一個事實。但是有這種醒覺還是不夠的，砂拉越或東馬的文學創作水平必須先自我提升，否則很難跟別人交流。本地有一種現象，有些人創作是為了盡快進階成為作家，但是往往因為水準不夠，以至於名不符實；另外，如果我們請大陸作者評論本地作品，他們下筆可以洋洋灑灑幾千字的評論，其實一味的褒美，對原作者而言未必是好事，他更需要建設性的評語。

砂拉越的文學截至目前為止，還有一段相當長的路要走。戲劇在詩巫基本上是空白的，詩有一些，散文方面數量雖多，但是文字駕馭功力較強的還是有限，而且大部分還在模仿階段，這跟他們所閱讀的書籍有一定的關係，因此目前詩巫文壇還難找到稱得上「家」的作者。

散文寫作方面，游思明的文字駕馭能力較強；小說方面有一、兩個；詩歌方面值得提的一點，本地一些人覺得詩歌創作是很容易的事情，一些從事詩歌創作的人經常以藝術為名目，模仿一些大作家的的手法，譬如余光中過去創作的路線曾經對這裡一些人產生影響，我們可說那是一種模仿和學習，但是經常把臺灣文學創作手法帶進本身的創作，反而會喪失了本地的文學精神。

對於跟外地的交流，我們要感謝外界朋友的抬愛，他們的評論對我們很有鼓勵的作用，如果用嚴格的學術的角度去評，效果也許不一樣，重點在於它所產生的效果。

李：以我的專業來看本地的文學水平，這是一個十分棘手的問題。每個區域的歷史文化會產生什麼樣的文學傳統，必然有它一定的內在邏輯。所謂的文學水平，永遠是相對的。一篇文章寫得好不好，跟個人的好壞是兩回事，其中涉及到很多問題，譬如語言駕馭能力、生活的關懷面等，畢竟我們很難要求一個傳統女性去關懷複雜的社會問題，這些都是不必要的，最重要是找出這個文學傳統背後的成因，它如何發展到今天？即使你現在要求我對某些作品做出批評，憑我個人歷來鑑賞文學作品的經驗，我自然有能力也很願意來做這件事，但是我們絕不能像七〇年代的評論家拿著一把西方理論的刀來宰割文本。

蔡：我十分贊同。對一個好的作家，我們先看看他的態度是否誠懇？是否默默耕耘？如果他能把寫作當做一種職責或興趣，很純粹在表達內心的情感，不去考慮將達到什麼樣的地步，我們就很難否定他的作品，除非那不是他個人的情感的描述。因此，詩巫目前的文學，可能是華人社會的一種思想或一種文化的活動，以此來看待本地文學的發展是可以的。假定你從高鑑賞的角度或純藝術的角度來評量，可能不適當。最恰當的評價是提出建設性的觀點，故意褒美反而不好。

至於我們本身要與外界交流，必須先自我提升，沒有詩人的條件不應擺出詩人的架子。另外，我們不應為了受到肯定，便找一個人來對我的文學做一批評，就此以為自己多麼聖高了。這種現象大約在八〇年代末開始，從砂拉越乃至整個馬來西亞都普遍存在。這種批評有時會帶給作者錯誤的訊息，以為自己已經達到國際程度。但是，如果你把文學當做一種鄉土性文學，像吳岸的文學就屬於他個人的東西，他的詩歌在砂拉越可算是數一數二的了，若放在國際性的位置上則另當別論，但它的內容置根於砂拉越，要是失去這個特色就沒有意義了。

另外，國寶曾提過，除中華文藝社之外，詩巫便沒有其他類似的團體。這一點我認為可以理解，畢竟詩巫一個小地方並沒有太多有利的條件，即使是文化協會，成員大部分還是文藝社的人；過去不成立，因素是申請成立一個社團需要通過各種法律的程序，至少花兩、三年的時間才能通過。團體又有其利弊存在，壞在它有門戶對立。話說回來，我總覺得創作的過程中，最重要還是在於個人素質的自我提升，沒有必要去貶低別人來肯定自己。

鑑於資訊逐漸發達，詩巫未來的文學發展會越來越好；不過如果一個人接受的資訊過於片面，加上個人的見識不夠深廣，反而會失之偏執，或造就追風的現象。前幾年談後現代主義時，幾乎每個人寫詩都自稱為後現代主義作品，請他解釋又說不出一個所以然。我比較欣賞默默耕耘的寫作人。

李：就書籍方面，華族文化協會所收藏的書會不會有很多作家去看？

蔡：很少。一方面它不是一般的公共圖書館，使用量不多。另一方面，詩巫能涉獵多方面讀物的人不多，少數像黃妃這種做研究、寫論文的人，才會為了一些文獻來參考這些書。

在文學推動的工作方面，文化協會常會感覺力不從心，原因是它以「文化協會」為名，各人看待事情畢竟有其主觀性，作為一個文化團體，它很難顧全所有面向，將來的走向勢必取決於這種因素。無論如何，它應該做一些有別於其他團體的事情，譬如資料收集的工作。當初，文藝社剛成立的時候，我主張辦一系列中華文化課程，其中文學史部分由我負責，其他還有詩歌、散文等。一年下來，除了文學史以外，其他課都停了。最後我因為離開學校，也不得不放棄。其實，文化協會可照這種方式辦短期的課程，譬如散文的鑑賞及習作。另外，假使有某位作家到詩巫作短暫逗留，我們也可開一個密集的課程，兩個禮拜也可以，一周五天，每次兩小時，肯定會有人來參加，但人數不會也不必太多，這樣可確保達到比較好的效果。課程結束後會頒發證書，以證明他們個人有所提升和進步，往後又可再開辦另一種文類的課程。明年文化協會大樓動工，等會所建好之後，這些課程就可以舉行了。目前，可能面對的是經費問題。文化協會應仔細籌畫經費預算，並按部就班地完成各項活動。

（陳淑賢整理）

七、有拉讓江就有盆地文學

受訪者：藍波（一九四六～）

職　稱：任職官稅局

教育背景：英校出身，獲英國劍橋海外文憑

李：談談您實際寫作的歷程。

藍：從來就沒有想到，自己會走上寫作這條道路。

我是從華文小學畢業的，中學卻受英文教育而考取英國劍橋（Cambridge）海外文憑，所接受的華文教育有限，從而對文字上的運用，不能發揮自如；更何況當年年少，並沒有勤於寫作。

一般上，砂州的一些從事華文寫作者，只有少數是科班出身，其他大多是受少許華文教育而為英校出身。他們除了對華文有偏好，我想多多少少是有天分的！

雖然在學時沒有勤於寫作，但在我小學六年級已開始對報章的副刊感興趣。有些文章讀來一知半解，對一些新詩更摸不出門路，但我每一期都很用心去讀。當時，同學的一位兄長是「砂羅越星座詩社」的成員，他們在六〇年代已經寫新詩了。同學時常提起，更令我對他們的副刊感興趣。也許在不知不覺的接觸中，久而久之的累積、沉澱，最終成了往後創作道路的墊腳石。

可是，我開始寫作，並非寫詩，而是小說。或許，小時候聽的故事多，尤其是祖母、母親及親戚們的一些閒聊：唐山的、渡海的、日侵的，種種事故經歷，都在小小腦海中烙印下來，也促成了許多幻想。

工作以後，被調職到偏遠的小鎮，工作悠閑，空餘的時間沒什麼消遣；那些幻想慢慢開始蠕動，終於動手寫小說；當然都是些不成熟的作品，而每一篇都在本地報紙的年刊徵文比賽中獲獎，且是前三名。這些給了我很大的鼓勵，也促成了往後一直走下去的執著。

從一九七四年開始寫作，七五至七六年是創作的高峰期。那時是被調到一個漁村檢查站把關。當時的漁村似乎與外界隔絕，無水無電，工作清閒；晚上點了蠟燭，在搖晃的豆光下寫至深夜，甚至凌晨，一點也不言苦，興致卻濃。每一篇創作也在報章徵文比賽中得獎，後來也把稿件投給本地報紙副刊，更有當時西馬的學報。

八〇年代調返古晉後，才開始寫詩。其實也不知道自己能寫詩。一直以來我都有看詩人的集子，如余光中、楊牧、鄭愁予，以及閱讀本地副刊的詩作，這一直以來的累積灌輸，或許在無形中成了一股想寫詩的衝動。當然當年所寫的詩非詩，後來認識了一些寫作人，從他們的指導中，獲益不淺，漸漸對詩有了認識。後來加入「砂羅越星座詩社」，主編副刊「田」和「煙火」。八四年調來詩巫，加入「詩巫中華文藝社」。由於社員同仁熱衷文學，勤於舉辦文藝講座，互相切磋，以提升文藝創作，我更獲益良多。除了這些年多寫散文外，更負責主編「文苑」副刊。

李：在您寫過的作品中，有些什麼值得特別提出來談的？

藍：在我的詩作中，多以環保課題入詩。

也許因為我的童年是在海湄小鎮長大的，對於大自然有特別感情．所以一些森林海灘，洞穴山溪，都是我喜愛的地方。在看到這些美麗的自然界逐漸被破壞，心痛之餘，不期然的在詩中發洩出來，亦想藉著文字，喚起讀者的環保意識。自己並非是有影響力的政要人物，所能做的只有不斷筆耕，不斷提及這方面的課題。

我的散文多是寫故鄉情懷，童年紀事，因為我是懷舊的人。雖然文中多是陳舊往事，但是主要還是緬懷以往而目前已滅跡的東西，多少也含著環保意識。

我的故鄉是海畔漁村，在發展的腳步聲中逐漸走向現代，許多東西都在這種過程中被破壞或消滅了，比如一些本土樹，泥沼裡的生物生態，野胡姬和一些藥用植物等，現今已無跡可尋。

李：本地或外地的文友對您的作品有些什麼看法？

藍：到目前為止，還沒有人對我的作品撰文評論。本州詩人田思在他的環保課題論文中，曾引用我的一些詩作。中國詩評家楊匡漢在他一篇〈熱帶韻林：生存者呼喚至深者——馬華詩歌的精神投向及藝術呈現〉文中，也曾提及我的詩作。作為砂華文學的推動者，對於別人的肯定，在我而言，並不在乎，自己的肯定才為重要！

李：您有沒有計畫要寫些什麼？

藍：我不喜歡有計畫的創作，因為嘴上一直講要寫什麼什麼，到頭來什麼也沒寫。朋友中也有如是者，言談中計畫，到最後一篇稿也交不出。我也講過要著手寫故鄉的一篇小說，好多年了，都沒動筆；反而是一些沒想到要寫的題材，靈感一來，很快就寫完。不過，我想寫的這篇小說，我一定會把它寫出來。這些故事是童年時所見所聞的。

李：您覺得文學在本地是否受到應有的重視？

藍：我想文學在本地是受到重視的，要不然它就不會一直延續不斷。總是有人在寫，有讀者在看。近幾年，更有許多社團競相出版他們社員的著作，藉以提高本地華文文學，報章也提供版位予文藝副刊，給予本地作者發表作品的空間；這是本地華社重視本族文學的表現。本州政府也有頒發「犀鳥文學獎」予華族作家。至於「應有的重視」，我想那是華文文學被納入國家文化的夢想了！

李：您認為詩巫華文文學在砂拉越甚至大馬的地位如何？

藍：地位是不可忽視的，而且是重要的一環！

我認為您所謂的詩巫華文文學應該稱為「拉讓江盆地文學」。這是本社社長黃國寶在中國廈門一項海外文學研討會上呈獻報告中第一次提及，也被認可。

詩巫屬於砂拉越的中區，而滾滾拉讓江，閱歷過許多風風雨雨：墾荒期有僑民文學，日治時期有抗日文學，共產思想期有地下文學，這些都是組成砂華文學的重要部分，所以當社長黃國寶的報告呈上研討會時，許多海外研究馬華文學的學者都感到驚訝，因為一路來在馬華文學中鮮少提到砂華文學，每每提及，也只是那兩位本地作者而已！所以，要研究馬華文學，少了砂華文學是不全的。砂華文學在馬華文學著作中被忽略是一大錯誤！

李：您認為詩巫華文文學的發展，環境如何？存在著什麼問題？

藍：由於本地華社各社團對文學的重視，更有科班出身的團體在大力推動，文學在詩巫的發展環境是不錯的。加上現今科技發達，資訊快速，作者想要的文學理論、文學趨向，都可在彈指間取得。更何況一條拉讓江，叢叢雨林，特殊的人文社會，都是寫作的題材，所以我說：「有拉讓江就有盆地文學！」至於存在的問題，那是不可能除去的，因為有很多事故不能寫，許多東西不能入詩，不可明言，只能暗喻！

（書面意見）

八、結論：環境在變遷中

以上的受訪對象包括華文報館的總編輯（黃生光）和副刊主編（楊詒鈁）、文藝團體負責人（黃國寶）、文化協會執行秘書（蔡增聰）、宗教傳媒主編（黃孟禮）、詩人（藍波）；有三位本地出生，三位由外地移入；他們的小學、中學教育都在砂拉越，所受華文教育或到小學，或到中學，有兩位後來留學臺灣，一讀政大新聞、一讀臺大中文。現階段他們都在詩巫，努力生活，並從事與文學有關的工作。

訪談的內容包含各自的文學因緣與參與文運的狀況，涉及華社一般人對待文學的態度、華文教育的情況以及和當地華文文學發展最有關聯的《馬來西亞日報》、砂拉越華族文化協會、詩巫中華文藝社，雖亦有個人感觸，但大體上都在描述詩巫華文文學的環境。黃國寶先生談到當初組社與舊體詩詞有關，這一點乃詩巫特有傳統，從黃乃裳的詩鐘，到劉賢任（一八九八～一九六九）寫《困心吟草》、組創「詩潮吟社」，以迄於今該社仍舊延續著古典詩之寫作與活動，持續出版詩鐘選集（一至七集），為詩巫華文文學憑添古雅幽遠文風。這個部分當時本也有一次會談，可惜錄音失敗。

此外，黃國寶也談到留臺生的問題，砂拉越留臺同學會在詩巫、古晉、美里皆設有分會，總會規畫有「留臺人叢書」的出版，這也是支持文學活動一股很大的力量。

再者，非文學性社團中，如自有會館、圖書館的彰泉公會，有「彰泉之聲叢書」；由當年長期在森林裡武裝鬥爭的倖存者所組成的「詩巫友誼協會」，也策畫出版以回憶為主的叢書。

環境仍在變遷中，出身詩巫的報人張曉卿於一九八八年四月八日買下吉隆坡的《星洲日報》，一九九九年七月七日在詩巫設分廠出刊；而一九六八年十二月十七日創刊的《馬來西亞日報》，突於二〇〇〇年四月一日停刊，黃生光改經營印刷，楊詒鈁小姐重回到《詩華日報》，仍編副刊。

這些或多或少都會對文學產生影響；但文學傳統既已建立、文學社會既已形成，新的影響因素也隨時都在發生，特別是黃國寶和藍波都提到新的資訊傳播，在網際網路的世界裡，詩巫也必然全球化，上「犀鳥文藝」（http://www.sarawak.com.my/org/hornbill/index.html）與「犀鳥天地」（http://www.hornbill.cdc.net.my）網站，了解砂華文學的情況，就真的是彈指之間而已了。

——發表於「二〇〇七年世界華文文學與華語文教育國際學術研討會」，臺北：實踐大學、世界華語文教育學會，二〇〇七年六月十日。

砂拉越華文作家的森林書寫

摘要

本文旨在探索砂拉越華文作家的森林書寫，作家主要以中砂拉讓盆地（拉讓江下游）為主，兼及北砂美里及南砂古晉；森林則涵蓋整個砂拉越。探索主題包括：（一）人與森林的關係，（二）砂共的森林鬥爭。前者涉及森林即原鄉、森林環保、森林獵釣及森林原住民等。採用文本含古今體詩、散文及小說。

關鍵詞：砂華文學、森林書寫、婆羅洲、拉讓盆地

一、前言

熱帶雨林除了是婆羅洲豐富的自然資產，也是當地華文作家重要的創作題材。砂拉越華文詩人田思提出「書寫婆羅洲」時，便提到「書寫婆羅洲的最大資源是熱帶雨林的自然環境與多元文化的社會背景」[1]。一般來說，當雨林（亦稱為森林）成為文學創作的題材時，展現了創作者兩種關懷的心態：一方面是人與大自然的關連，包括森林環保、野豬狩獵以及華族與達雅原住民族的文化交流等；另一方面，早期砂拉越共產黨森林鬥爭的記憶，很多已經轉化成文字文本，對於沒有現場經驗的人，通過這些回憶可以看到砂華一段重要的歷史經驗。

本文將對婆羅洲的雨林書寫內容進行討論，以砂拉越拉讓盆地的中心——詩巫的華文創作者為主，文類包含了詩、散文、小說等，從人與森林的關係討論到砂共的森林鬥爭，考察砂拉越的華文作家對森林書寫之用心。

1 田思〈書寫婆羅洲〉，桑木、田風、雁程編《書寫婆羅洲》（詩巫：詩巫中華文藝社，二〇〇二），頁一一。

二、森林：婆羅洲子民的桃花源

面對獨特的雨林景觀，寫作者最直接的感受便是一幅自然圖畫展現眼前，從審美立場，欣賞並描繪森林的一草一木，雨林便呈現多彩的面貌，如：「深林人不知，小徑少人行……日落曠野昏，夜來風雨繁。」[2]前二句以空間的深邃與空曠呈現了森林的幽密，末二句以落日喻指時間的迅速變化，整體告訴我們，多變的天氣帶給森林豐富的面貌。

另一個觀察的角度是俯視，當作者搭乘飛機時，便有機會欣賞綿延的「綠色地毯」，林離說：

> 這些深淺濃淡不一的綠色，從高空望去，呈現出一幅極不規律但又隱約融合的精美圖案，靛青紫青黑青淡青，一層一層溶出溶入，近山青黛，遠巒黯綠，宛若造物者所編織的一塊巨大無比的藏青色花紋地毯，近看毫無特出，遠眺卻是構圖優美，氣象萬千。[3]

詩人關渡也有類似的經驗：「頭頂上的巨翼旋轉了／化一次飛鷹／我瞬息一拔齊雲」，搭乘飛機如同化身為盤旋天空的飛鷹，觀察森林的風貌：「那細細的火柴根是樹麼？／散猶不亂，直直插在那／無邊無際的青色海綿上」[4]。寫作者將自身抽離出來，換一個角度觀看，森林變成柔軟的地毯或海綿，人可化身成遨遊的老鷹，森林激發了無限的想像。這也正是林離所說的：「換一個角度審視察看，只感到大自然的神奇浩瀚和無限寬容，人類的微小渺茫和自私無知。」[5]

從森林風貌的描寫，可看出森林豐富多變的面貌；森林激盪人類的情感，作者以更多情思書寫森林，深化了文學文本。

（一）原鄉的認同

最初，晚清舉人黃乃裳（一八四九～一九二四）帶領福州鄉民至此開墾後[6]，一代代的華人在此落地生根，開闢森林，沿著拉讓江畔生活，嚴誠（李炎城，另有筆名雁程）的〈從詩巫再出發〉如此敘寫：

---

2 劉斌〈曠野〉，《悠悠歲月中》（詩巫：詩巫慕娘印務有限公司，二〇〇〇），頁一一一。

3 林離〈綠色地毯〉，《水印》（古晉：砂拉越華族文化協會，一九九六），頁四一。

4 關渡〈齊雲遊〉，《離淚》（古晉：砂拉越華文作家協會，一九八九），頁八〇。

5 林離〈綠色地毯〉，《水印》，頁四一。

6 有關黃乃裳的生平及其墾拓詩巫的歷史，請參考劉子政《黃乃裳與新福州》（新加坡：南洋學會，一九七九）、詹冠群《黃乃裳傳》（福州：福建人民出版社，一九九二）。

為了建設　砍伐原始森林莽莽
另一種森林磊磊　告訴你
一座座現代化城市就是這樣建成
別告訴我　文化傳承不也需要紙紙風行

……

拉讓江水淺淺綠綠　悠悠漾漾
哺育一種突圍意志　終非池中物
勇於攀越姆祿山者知道
慣於漂渡巴拉固及流險灘者知道

毅然背起使命包袱
木山是山　異鄉也是鄉
大海洋不一定是零丁洋　我們確是
拓荒者黑頭髮的好兒孫呵[7]

初期辛苦的墾拓，發展至今，即使異鄉也成故鄉了。生活在這一塊土地上，早與土地產生密切的關連；而拉讓江水與山林培育了人們堅毅的意志，也供給生活無限的資源。因此，一旦離開了家鄉，便「像一隻飢餓的狼　被／森林遺棄」，晨露在〈鄉情〉中寫回家小徑上深深的感受：

這裡青翠的山脈　蔚藍的天空
這裡灼熱的陽光　傾盆的雨水
是我的國土　是我的家
拉讓江你的兒女
我是
你脈脈相傳不息的
香火[8]

7 楊詒錺主編《一條街的風采》（詩巫：馬來西亞日報，一九九五），頁九〇～九一。

8 晨露〈鄉情〉，晨露、萬川、雁程《拉讓江．夢一般輕盈》（詩巫：詩巫中華文藝社，一九九三），頁一一六～一一七。

森林除了是婆羅洲的特色，寫作者藉此產生土地的認同感，乃將森林視為心目中的原鄉，晨露的〈歸〉這樣寫著：

拉讓江
你將以何種姿態
撫洗
　我一身的淚和汗[9]

詩人在返鄉的途中，即使「沙塵翩飛」、「人車蹦跛」，但心中充滿著童年故鄉的盈耳水聲，於是穿越山林，只為了讓拉讓江水撫洗一身的淚和汗，山林和拉讓江結合成故鄉的印記，也成為遠方遊子的記憶。

雁程的朗誦詩〈抉擇〉也說：

在這片美麗的母親大地上
我們茁壯　開花　結果
這是我們的權利

這也是我們的驕傲[10]

森林成為寫作者心中的母親，孕育著人類，給予生活所需的資源；因為有森林，居民才能在此享有舒適的生活，對森林合當就有著一份親切感，劉寄奴的〈走入自然〉寫道：

一逕投入這叢浩瀚密林
林蔭攔我，抱我
以最原始最母親的懷抱
薰人的沁涼
彷如鯨飲一樽長年美酒
乾他三幾斗也不會醉
三萬六千個毛孔都舒暢的存活著[11]

9 晨露〈歸〉，晨露、萬川、雁程《拉讓江．夢一般輕盈》，頁二三。
10 雁程〈抉擇〉，《向日葵的囈語》（古晉：砂拉越華文作家協會，一九九六），頁一一〇～一一一。
11 劉寄奴〈走入自然〉，藍波主編《磐石》（詩巫：詩巫中華文藝社，一九九六），頁四三。

森林資源是拉讓盆地華文作者的驕傲，是砂華文學重要的組成部分，對此地的認同感也由此產生。我們可以這麼說，森林帶給人心靈的激盪，成為故鄉的象徵，即使遠離家鄉，對森林的思念之情也正是對家鄉的懷念。

（二）心靈的桃花源

除此，一些寫作者更將森林昇華為心靈的桃花源，它帶給人舒緩柔和的感受，擺脫城市緊張忙碌的節奏。不少作品都表達了面對森林時，充滿著寧靜與閒逸的心情：

> 但在這偏僻的山野角落，在這初昇的明月下，山色沉沉蟲聲唧唧，腦海中只覺一片清靈澄靜。在萬籟俱靜的大自然懷抱中，感受到生命的實在和跳動，靜止的一刻，有說不出的滿足和快樂。[12]

這是林離在巴威（伊班長屋）出差時，在山林中的體驗。另外，他也提到凝視山林中的枯樹時，有融入山林的感受：「這一小抹枯黃，在滿山翠綠中顯得異常和諧，看久了，只覺得心裡格外平靜，整個人彷彿溶化在山林裡。……我那顆被都市塵俗封閉的心，在野地的晨光下，正開始慢慢地，慢慢地甦醒。」[13]與森林的物我交融之體會中，洗滌了長久困於城市紛擾的心靈。

由於砂拉越大部分的華人都在拉讓江邊繁榮的市鎮生活，較少住在森林裡，因此進入森林，如同親臨一個新世界，舒緩了忙碌的心情。羅禮耕的七言絕句〈和「逸縣村居」原韻〉提到：「花木朝陽競秀姿，幽禽百轉伴吟詩。閒同野老時相約，寄意山水趣自知。」[14]半藏（侯越英）的五言律詩〈山芭閒居寫意〉描寫著：「安閒無所事，高臥掩雙扉。野性山林慣，孤邨俗輩稀。清風搖菟帶，淡日照苔衣。展卷疏窗下，神思妙入微。」[15]山林中除了引發人的閒情逸趣，也避免了許多世俗的干擾。黛薇在〈鄉居小箋〉如此描寫：「你別問我幾時回到城裡去，菁菁，不如讓我來問問你——幾時來山林小住數日？……我對你說，菁菁，這一份逸情樂趣，絕不會比人工的燈光來得遜色！」[16]閒居山林讓人深深眷戀，甚至吸引人進入山林。在忙碌的生活中，森林對人最大的意義，就是閒逸的心情：

12 林離〈等待初昇的明月〉，《水印》，頁二八。

13 林離〈野地之晨〉，《水印》，頁一五～一六。

14 羅禮耕〈和「逸縣村居」原韻〉，黃政仁主編《春草集》（詩巫：詩巫中華文藝社，一九八八），頁六九。

15 半藏〈山芭閒居寫意〉，黃政仁主編《春草集》，頁三九。

16 黛薇〈鄉居小箋〉，黃國寶主編《草葉集》，頁七六。

就是這個下午，在這寂靜的山林中，我們用木吉他、口琴，還有叮鈴叮鈴個不停的風鈴，悠悠的音符梟梟地穿過你的心串過我的心，像清清澈澈的小溪水，潺潺地流過蒼蒼鬱鬱的森林，緩緩地向大河飛奔，再幽幽地往大海匯集。[17]

蔡羽在〈山林寄情〉則提到：

那撞開心坎的地方，和我自小面對的灰色塵寰出現有趣的相對。蒼勁的群樹撐開一片洞天，小溪在迴轉的奔跑中引吭不絕的歌謠，遠遠近近或嘹亮、或尖細、或婉約、或低沉傳來各種唱和，空氣混溶潮濕的泥草香送過鼻端，許多輕巧的影子從這枝樹柯撲翅到另一枝樹柯，隱約還因為互相的追逐而吱吱笑鬧。[18]

與城市的生活相對，森林的溪水聲、鳥聲帶來寧靜的感受，並成了心中最深的記憶，而隨著日後離鄉背井，在城市奮鬥，「陽光的熱情往往整片被擋去」，直到回鄉後作者體悟到：「隔窗遠俯，看小小的城泊在綠海中間，一個從外鄉帶回的感嘆也自海中潮起，給心靈留一座青山一片綠鄉，多麼好。」[19]森林洗滌心靈的塵埃，也成為砂拉越給予遊客最寶貴的禮物，詩人藍波告別友人（林陽）時便提到：

在你離去時
請將這裡的純真友情
夾進你美麗的詩頁
也把犀鳥鄉的秀麗山河
空氣　綠林　親善族群
化為你筆尖奔瀉的行雲流水[20]

在空間上，森林給予人們原鄉的記憶與對此地深刻的懷念，都在這些作品中呈現出來。另一方面，森林中季節的變化讓人感受到時光的流轉，晨露的〈閒情錄〉寫著：「握眉筆的手嚷著要改行／遂舉起了笨重的花鋤／從冷氣房走進陽光的熱／草帽下汗滴過眉

17 士心〈山中行〉，藍波主編《綠苔》（詩巫：詩巫中華文藝社，一九九七），頁七五。
18 蔡羽〈山林寄情〉，藍波主編《地錦》（詩巫：詩巫中華文藝社，二〇〇三），頁六九。
19 蔡羽〈山林寄情〉，藍波主編《地錦》，頁七二。
20 藍波〈揮別林陽〉，《變蝶》（詩巫：詩巫中華文藝社，一九九二），頁一二九～一三〇。

眼」，點出都市生活中吹慣了空調，對於自然世界溫度的變化不是很適應。但詩人在庭院整理花圃後，卻慢慢受到大自然的吸引，繼而「遂攀登那座冷傲的高山」，最後：

是一股什麼力量
誘墮了雙眸的熱淚
血脈中翻起一海澎湃
不謝的紫紅從此明亮了我的生命[21]

如果詩人沒有走出冷氣房，便不可能有這樣的收穫。這也暗示，即便拉讓盆地的森林廣闊，是豐富的寫作題材，如果創作者沒有親近它，也無法體會它的美好，進而書寫出真切自然的森林風光。

身在都市中的詩人，則在繁忙的生活中懷想森林才得以獲得心靈的自由：

這是高高部長樓之一隅
一間沸騰之委任季
在我眼前彌漫著

而滿深山的榴槤季
卻在我腦裡湧現
每當刺果掉盡
山風不再迎面薰人
那曾經
到處一堆堆，一簇簇
化荒野成爛地的
喧嘩呢？[22]

關渡在此詩中呈現了詩人身在忙碌的工作大樓，腦中卻懷想滿深山的榴槤季。季節的轉換在都市中顯現不出重大的變化，但在森林中，當果實落盡，便可深刻感受季節的流逝。悲哀的是，也許季節已經變了，詩人在城市中卻無法感受到，只能懷想大自然的夏季，但實際上森林已隨著季節的腳步進入冬季，「一堆堆、一簇簇的喧嘩」只是詩人的懷

21　晨露〈閒情錄〉，晨露、萬川、雁程《拉讓江・夢一般輕盈》，頁五五。
22　關渡〈季節〉，《雕淚》，頁四一～四二。

想罷了。

森林既是心中的桃花源，也是表達愛戀感情的場域，許多作家紛紛以森林表達戀情的苦澀與美好，如夢羔子的〈窗〉描述了拒絕愛情的心靈：

為什麼不在竹廊裡
銀色地吹奏你的青春
讓你的情懷
柔柔地飄過那即將金黃的禾田
那座座的情人山
以及
一片無際的原始林[23]

而他將獵槍、巴冷刀（原住民使用的一種獵刀）高掛在牆上，「用塵埃／封住」，並且讓多情的月光「在心房外徘徊／而不開窗」；這樣的冷漠，對應了詩人對這份熱情失落的感嘆，愛戀的苦澀呈現在「你眼見穀穗的日漸金黃／來不及收成／你的愛情已被一大群麻雀／吞食」，美好的戀情來不及收成，而被不解風情的麻雀啄食。森林被用來表達戀情的描寫時，創作者常常都有一種美好難再的感懷，如劉恭昕的新詩〈寄林蔭〉：

別對我訴說十七歲的戀情的愛，
當衰老的心靈再也抹不起彩虹，
林蔭河畔的舊日子已逝去多時，
我們兒時的戀情也一去不再，

歲月的流轉使我的心坎塗上陰影，
紅河和青松林也一片泥濘，
雄偉的步姿我已不再眷戀。
我的詩篇正像教堂鐘聲，一片冷清。[24]

23 夢羔子〈窗〉，《日子曾經鋒利》（古晉：砂拉越華文作家協會，一九八九），頁三九～四〇。
24 劉恭昕〈寄林蔭〉，詩巫省分會文教組《歲月屐痕》（詩巫：砂拉越留臺同學會詩巫省分會，一九九九），頁二三二一。

歲月的流逝，青松林不再茂密濃綠，只是一片泥濘，映照當年的感情已不復存在，只剩記憶在心頭。

創作者藉森林表達美好失落的感嘆後，也引出文明的侵擾，除了改變森林風貌，也影響人的心靈，如凡民的小說〈夜來風雨聲〉描寫巴亨和娜茜是一對青梅竹馬的情侶，「在河畔上，他們建立起了友情；在芭場上，在森林裡，他們編織著一首美妙的歌兒。」[25]但是娜茜後來到城市求學，「幾年的英校生活，以及城市的豪華，喧囂使她天真的心震動起來。帶著好奇、傾慕，她用眼睛看著城市文明人的生活」[26]，娜茜的心變得愛慕虛榮，再也沒有當初的純真了。故事發展到最後，巴亨在城市中參加了工人鬥爭，娜茜也屢遭不幸。作者在故事中主要表達了對於社會污染人心的譴責，城市文明讓人失去山林生活的純真與美好。

不過森林終究抵不過文明的衝擊，由於生活的需要，人們漸漸遠離森林，投向繁榮的城市中：

在晨光清照的幽林山坳
跣足踏陷濃郁的低沉
青春的戀情若煙霧般模糊

悄悄地　伊離開了淒寂的村野
帶走了一點點蒼白的沙泥
猶涉足市聲　去追尋華麗的夢景[27]

城市的華麗夢景給人無限的吸引力，於是人們離開山林，到城市追求名利，即使山林有「最閃亮的露珠」，對於渴望進入城市的人們，也不過是「濃郁的低沉」。如晨露所說：「拉讓江守不住清晨裡最閃亮的露珠／冬眠的橡林／擠不出芬芳的奶水」，「拉讓江守不住年輕的兒女／受不住那匆匆的跫音／遠方的霓虹燈／眨著眨著／誘惑了火熱的心／奔向那名與利的煉爐」。[28]

當人們生活在都市享受文明帶來的便利時，森林已在人們心中成為陌生之地：

25 凡民〈夜來風雨聲〉，《夜來風雨聲》（古晉：砂拉越華文作家協會，一九九二），頁一〇三。
26 凡民〈夜來風雨聲〉，《夜來風雨聲》，頁一〇四。
27 洪鐘〈跣足〉，《池畔集》（古晉：砂拉越華文作家協會，一九九二），頁五。
28 晨露〈哀歌〉，晨露、萬川、雁程《拉讓江‧夢一般輕盈》，頁二六～二七。

看妳涉渡淺淺的溪水走來
尋索我們陸沉的記憶，艱辛地
隔著一鍊瀑布
一大疋抖動的森林
一個早已走失的時空
一如逐漸渙散體溫的水母，堅持著
回溯被大雨沖刷的夢境[29]

詩人在森林中尋找童話，但是面對這樣的追尋，詩人卻自嘲是虛妄愚昧的，甚至森林成為「一個早已走失的時空」，詩人如同「逐漸渙散體溫的水母」，童話也成「被大雨沖刷的夢境」。

森林真的只是曇花一現、不復可得的桃花源嗎？城市的生活使人心感受喧擾，但人們卻已習慣城市生活，對森林已有一份陌生感，除非真正走入森林，感受森林的蟲鳴鳥鳴，否則森林只是一個幻境，無法給予心靈真正的洗滌。徘徊在城市與森林兩個場域的茫然，正是人面對文明與自然的掙扎而產生的失落感。

三、森林環保

前文提到城市文明的進展衝擊了森林，人們漸漸離開山居生活而進入都市，許多作品也感嘆著森林原鄉的失落。鍾怡雯說：「雨林書寫如果從感性出發，通常會出現美好時光難追，樂土難再的感懷，繼而追溯源由，環保意識生焉。」[30]許多作品的確表現了寫作者對這片森林的憂心。近年來，森林樹木被過度砍伐、河川污染、巴貢水壩的建造等，都使得婆羅洲的雨林逐漸縮小範圍，造成生態的失衡。

環保議題的興起，主要由於人類亟欲提升物質文明的發展，不珍惜原始的森林資產，如桑木的新詩〈山水十四行〉：

一紙封殺

29　李笙〈我們在遠離城市的山林尋找陸沉的童話〉，《人類遊戲模擬》（詩巫：詩巫中華文藝社，一九九三），頁九八。

30　鍾怡雯〈憂鬱的浮雕：論當代馬華散文的雨林書寫〉，陳大為、鍾怡雯、胡金倫主編《赤道回聲——馬華文學讀本Ⅱ》（臺北：萬卷樓圖書公司，二〇〇四），頁二一五。

卻因促銷
頭戴羽毛內陸風情之誤
草菅熱帶雨林
禽　飛　獸　走[31]

桑木提到他寫這首詩的原因：「在我長年內陸之旅中，我深切體會到地方的發展，不因幾隻昆蟲、幾株植物而作罷，卻不知我們為了文明付出傷痕累累的代價。」[32]森林面對文明的衝擊，也自有其憂鬱，詩人筆下的森林無力反抗，只能面對人類的「草菅」與恣意破壞；而人類卻因面臨著森林被濫墾濫伐後，一連串的自然失衡回頭卻啃蝕著自身。

森林的過度砍伐是環境的危機，許多創作者對於森林草木被任意砍伐的情況皆有描寫，如田思的〈林族悲歌〉：

在貪婪的鏈牙啃嚙下
發出轟然的痛號
倒下　倒下
脫離世代扎下的根

散一地破碎的樹枝[33]

田風的〈森林之死〉：

森林，已成為史前遺物
它們早經不住文明工具游擊
一棵棵倒下　倒下
再倒下
死在輪胎交錯的笑語[34]

---

31 桑木〈山水十四行〉，《一次橫渡的聯想》（詩巫：詩巫中華文藝社，二〇〇二），頁二〇。

32 桑木〈漫步在婆羅洲雨林的詩情畫意〉，桑木、田風、雁程編輯《書寫婆羅洲》，頁一八。

33 田思〈林族悲歌〉，《我們不是侯鳥》（古晉：砂拉越華文作家協會，一九八九），頁九八。

34 田風〈森林之死〉，黃國寶主編《水雲》（詩巫：詩巫中華文藝社，一九九四），頁一二。

森林樹木倒於「貪婪的鏈牙啃嚙」、「輪胎的交錯」，成為了「史前遺物」，婆羅洲大地上覆蓋的樹木漸漸消逝，濃鬱的森林只存在於記憶之中。熱愛大自然的詩人藍波在詩集《變蝶》中，對森林的被恣意破壞、河流受污染等環保議題表現了高度的關懷，以環保為題材的詩不少，被田思譽為「現階段砂華詩人中最重視環保題材的」[35]。他的〈走在雨林〉如下：

我驚悸不遠處
軋軋電鋸響起
千年巨木撞跌聲
震盪起雨林族群
慌慌狂舞
哀求
執權弒殺令
不要延伸到山林[36]

又〈雨林之殤〉描寫一座雨林消逝的緣由，詩人說：「我淚腺乾涸的瞳孔／冷冷　漠然／投在沿河企立的木山板廠／以及伐木公司招牌上」[37]。「冷冷」與「漠然」對木山板廠以及伐木公司作了最嚴厲的批評。他簡短的詩句帶著銳利的口氣，對恣意砍伐樹林提出強烈的譴責。

除了新詩外，藍波也以小說形式寫下了〈一棵達邦〉，以一棵在城市開發過程中遺留下來的達邦樹，見證整片森林被砍伐的過程。文中有一段敘述：

> 達邦樹就這麼眼睜睜的看著眼盡處，一叢叢的青綠氈子漸漸消逝，拖拉機輾過它腳下的泥黃路，粗大的鐵鍊繫著長長的樹桐，血淋淋的從它身旁駛過。舯舡疊起的樹桐猶是一排排的骨骸，一船一船滿載向下游去。[38]

面對森林樹木被砍伐，寫作者多以擬人化的手法表現森林的哀嘆與脆弱，面對人類以

35　田思〈把詩帶進生命——序藍波的詩集《變蝶》〉，藍波《變蝶》，頁六。
36　藍波〈走在雨林〉，《變蝶》，頁七一～七二。
37　藍波〈雨林之殤〉，《變蝶》，頁八〇。
38　藍波〈一棵達邦〉，《愁月》（詩巫：詩巫中華文藝社，一九九五），頁一五六。

各種工具兇狠地入侵森林砍伐，森林毫無招架之力，默默承受人類的殺戮。寫作者化身樹林，表達森林的哀傷，這些作品不斷描寫樹木倒下的震撼，希望藉由文學作品喚起更多讀者的同情共感，以加深對此現實的重視。

婆羅洲森林的第二個環境危機便是河川污染。由於樹木過度的砍伐，影響了河川，含沙量過多，混濁的河水正暗示著樹木的數量減少，森林範圍大幅度縮小。藍波在〈或許是河的報復與伐木無關〉中說：

蒼蒼巒巒的雨林族群
紛紛肢解驅離
山土谷泥
以綿綿雨哭訴
泣成一江黃血歔欷[39]

藍波委婉地將河水氾濫的災難歸咎於河的報復，反諷地點出歸根究柢仍是由於人類的濫砍濫伐，造成樹木過少，水土不能保持平衡，河川的反撲顯示人類過度開發的自作自受。

又如莫榮發〈傷河〉：

你迎我
　以泥黃的體色
在千排沉重的木筏下
呻吟和哀訴：
群山之源不再年輕
古樹橫死鋸下
土地赤裸腐蝕
一場山雨
層層黃土狂崩
傷了河源
重創河心

39 藍波〈或許是河的報復與伐木無關〉，《變蝶》，頁八八。

你是一條受傷的河
疲倦而垂死
自上游
晝夜一路哀哭
沿岸人家與你共泣：
魚蝦、清流何處去？[40]

森林被濫墾濫伐，主要由於人類的私欲，後果卻是江河的嚴重污染與整體生態失去平衡。莫榮發在另一首詩〈我從拉讓江畔的雨中走來〉[41]中就說，雨聲帶來了森林的哀嚎，大地流淌著滾滾泥土，將河水變得濁黃，控訴著人類無饜的私欲。森林樹木的銳減，使得河水泥沙淤積量增加，河水失去了澄澈，作家敏銳感受到河水改變的背後是人類對大自然的無情，正如同石凡提到的：「這『水火無情』的背後，究竟隱藏著什麼？找到答案後，才來評說誰是『無情』，誰又『有情』吧！」[42]

第三個環境危機即是巴貢水壩的興建。巴貢水壩起因於政府著眼於經濟利益，而於八〇年代建議推行，引起許多人士對於其經濟可行性、生態保育以及受影響的原住民、森林資源等問題而感到憂心，在筆軒的新詩〈盼望屹立不塌的巴貢水壩〉中如此描寫：

住民將之譽為
砂羅越心臟的
　計時炸彈
七萬多公頃的土地　將遭
水淹底
幸運
七千多名的原住民　將臨
流離失所底
幸福[43]

詩中以「幸運」、「幸福」來反諷，描述了巴貢水壩建設後，將帶來土地資源的流失

40 莫榮發〈傷河〉，楊詒鈁主編《一條街的風采》，頁九四。
41 莫榮發〈我從拉讓江畔的雨中走來〉，藍波主編《綠苔》，頁三五。
42 石凡〈另一類的「環境污染」〉，《風中絮語》（詩巫：常順印務有限公司，二〇〇三），頁一三七。
43 筆軒〈盼望屹立不塌的巴貢水壩〉，楊詒鈁主編《一條街的風采》，頁九五。

與原住民的無家可歸。人民面對政府政策之推行，在經濟利益與環保之間，提出了環保的訴求。詩人藍波更寫出原住民的吶喊，「雨林的子民」因為巴貢水壩卻被迫流離失所：

喔　有一堵高大的牆
將要壩住我們的河川
大水要來淹蓋
十多個聚落
淹沒祖地
淹去長屋[44]

巴貢水壩除了使森林砍伐面積擴大，進而影響河川的泥沙淤積量，另一方面，更使許多原住民被迫遷移至阿剎河徙殖區，在《過時的先進——巴貢水壩工程評估》一書中提到：「阿剎河徙殖區的人口稠密，大家相爭有限的自然資源，造成河裡的魚類幾乎絕滅，鄰近樹林中的野獸及其他森林產品也日愈銳減。」[45]最後，這些原住民只能依靠政府微薄的賠償金過生活，突顯政府的不當。

這片樸實、清新的婆羅洲森林，雖然經歷了樹木砍伐、河川污染、巴貢水壩的環保危機，但是大多數的人仍渴望：

給我一片天空
一片成熟的紫色天空
別讓酸雨淋濕了我的夢
別讓煙霧遮蔽了我的真誠
別叫我內心天然的熱帶雨林
讓位給一棟棟冷漠的洋灰鋼骨
我把睿智沏成一壺龍井
我把哲思梳成一株銀柳
我平和的心曲通過一管牧笛
悠悠地迴盪在晚風夕照裡[46]

44 藍波〈泣訴〉，《磐石》，頁二三一。
45 王維洛《過時的先進——巴貢水壩工程評估》（砂拉越：東方企業有限公司，一九九九），頁二三九。
46 田思〈給我一片天空〉，《給我一片天空》（吉隆坡：千秋事業社，一九九五），頁六一。

詩人的熱情與想望通過此詩表達出來，對大自然的真誠與關懷，展示保護大自然的決心。寫作人當然知道，無論如何是不可能僅靠文學拯救地球，但是文學中的環保意識可能會召喚人心；詩人所嚮往的「那一片天空」，也是所有崇尚真善美的人所憧憬的。

四、狩獵的綠色場域

沙巴、砂拉越與屬於印尼加里曼丹的這個婆羅洲島，是全世界數一數二的熱帶雨林。對於森林熱愛者，這片地廣人稀的綠色場域如同世外桃源；而婆羅洲獵人、詩人兼專欄作家楊藝雄，在獵釣中徜徉於熱帶雨林與南中國海的波濤中，所著《獵釣婆羅洲》，描寫他以獵人的身分在森林中和野生動物相處的經驗，在書的首篇〈誰解獵人心〉提到，「進山打獵，出海垂釣」必須「日曬雨淋」、「忍渴挨飢」，但他卻「已領略個中奧妙」，「不能自拔」。[47]

楊藝雄之所以沉迷於獵釣，除了喜愛獨立生活的考驗，也享受狩獵的過程：「一經決定便奮勇向前，精神抖擻，更不睬一路藤蔓鉤賜，腸飢口焦，務必能見能獲，便心滿意足。」[48]除了收穫的成就感，整個狩獵過程對他而言就是最大的樂趣。鍾怡雯評論這些狩獵散文：「豐富的生活經驗占了先天優勢，作者拋掉環保的包袱，免去說教的框架，以接近自然主義式的方式書寫雨林，反而有殘酷的美感。」[49]

除了狩獵的快感呈現在散文中，楊藝雄在狩獵過程也觀察到動物有智慧與溫情的一面，如〈野豬傳奇〉描寫了一系列野豬的習性，提到野豬渡河時「秩序井然，有先鋒、探路和崗哨，儼然行軍作戰，訓練有素。」（頁五二）或者小豬被大蛇包圍時，「三隻大小相若的野豬，看來與患難者是同窩兄弟，見手足臨危，追逐來去，圍繞著敵人發出呵呵聲援，嚇唬威迫。」（頁六四）作者以人性化的角度關照大自然，野生動物也有其生存的智慧。無怪田思在書序〈悠悠天地獵者心〉提到：「在老楊筆下的大自然，是生命賴以寄託的神聖疆場，又是一種強韌充沛的競爭對象。」[50]張瀞文閱讀《獵釣婆羅洲》後則提到：

獵釣的豐收樂趣應該是楊藝雄嗜好山獵水釣的最初誘因，但是行之有年之後，山林

---

47 楊藝雄〈誰解獵人心〉，《獵釣婆羅洲》（吉隆坡：大將出版社，二〇〇三），頁二一七。
48 楊藝雄〈誰解獵人心〉，《獵釣婆羅洲》，頁二一七～二一八。
49 鍾怡雯〈憂鬱的浮雕：論當代馬華散文的雨林書寫〉，陳大為、鍾怡雯、胡金倫主編《赤道回聲——馬華文學讀本Ⅱ》，頁三一一三。
50 田思〈悠悠天地獵者心——序楊藝雄的《獵釣婆羅洲》〉，楊藝雄《獵釣婆羅洲》，頁十。

內的種種道不盡的詭秘與風光，以及無法預期的刺激探險才是他樂此不疲之因吧？即使如此，書中有些獵捕的描述讓我深深感到血腥罪過，我不敢在此稱頌獵人的行為，卻感動於作者所真情描繪的動物百態，以及砂嶗越村落居民的生活樣貌，這對蟄居砂嶗越的異國都會女子來說，彷彿已然追隨著楊阿伯闖蕩在奧秘的熱帶雨林深處。[51]

楊藝雄以寫實的筆觸呈現在雨林狩獵的經驗，雖有血腥的狩獵過程，但面對動物的一舉一動亦有真情描繪。獵人的生活經驗，使得楊藝雄觀察森林的視野全然不同，他以著迷與樂趣的心態面對狩獵，將狩獵當成戶外休閒活動，文章讀來輕鬆有趣。

詩巫友誼協會出版的《林中獵奇》，則收錄了許多當年進入森林鬥爭的人士，因生活需要必須狩獵動物果腹，雖然文章中表露了許多學習狩獵的樂趣，但背後仍隱含著維生的艱辛。俞詩東和梁嬌芳在〈前言〉中提到：「打獵是很有趣的，從中既可飽嚐獵肉美味，又可以練槍法，還可以學會跑山的本領。」[52]由於這些投入森林進行武裝革命的人士，主要為了反殖反帝鬥爭，因此狩獵不是休閒娛樂，而是為了日常生活的食物及訓練戰鬥技巧。這些文章主要著重於初學者的狩獵過程，如〈初戰大捷〉、〈學打獵〉等文章，有時幸運地獵獲大獵物，有時則因經驗不足而讓動物逃走；有些則是捕捉獵物的過程，如〈抓鱉記〉、〈打獵的一天〉等，在森林中主要以狩獵野豬、鹿等動物，有時也會狩獵鱉、四腳蛇，這些文章記載了以何種方式狩獵與狩獵過程；也有記錄在森林中偶遇動物，卻不捕獵的文章，如〈觀鹿〉、〈豬群搬家〉等，可能是這些動物太小，或不好吃，或只是偶遇，因此獵人們並不捕捉。大體而言，投入森林鬥爭的獵人，在狩獵時主要還是秉持「捕獲好吃的食物」的心態，如吳松美〈尚記在回憶裡的獵奇〉提到：

> 我認為，森林裡最好吃的動物非山豬莫屬，熊掌、「山人」掌也好吃。……在森林裡，我們通常會遇到兩種四腳蛇，一種花邊的，大的有六、七十斤，比較不好吃；另一種黑色的，比較好吃，也比較好打。[53]

---

51 張瀞文〈尋找失落的東馬來西亞——觀楊藝雄與其書《獵釣婆羅洲》〉，見《世界華文文學研究網站》，網址：http://www.fgu.edu.tw/~literary/wc-literature/drafts/Malaysia/zhang-jing-wen/zhang-jing-wen_02.htm，瀏覽日期：二〇〇四年六月二十八日。

52 俞詩東、梁嬌芳〈前言〉，《林中獵奇》（詩巫：詩巫友誼協會，二〇〇〇），頁七〇。

53 吳松美口述、弘揚整理〈尚記在回憶裡的獵奇〉，《林中獵奇》，頁一二二。

森林中的生活艱苦不輕鬆，狩獵是維繫生命的方式之一，唯有捕獲獵物，才能生存下去，因此狩獵的成就感來自於捕獲獵物，擁有豐收的成果，這與單純享受狩獵過程的樂趣不同，這也是森林鬥爭者獨特的狩獵經驗。

相較於獵人以自然生存的心態面對狩獵動物，一般人面對狩獵仍呈現一份「殘殺動物」的愧疚感，如梁放的散文〈獵鹿者〉描寫在魯巴河搭小舟時，作者一行五人在河岸林邊遇見一頭鹿，而興起將鹿宰殺成為美味食物的念頭，最後卻發現，宰殺的是懷有小鹿的母鹿，愧疚感震撼了作者：

> 那一頃間，我老拂不去水面上那雙紅絲眼，也揮不開那仍在天空中迴旋的絕望哀嚎。我們自私地為了一餐美味，殺了牠，還有牠未來得及出世的孩子。那對母子，牠們從未侵犯過我們什麼。[54]

由於一時興起，無意間殘害了兩條生命，口腹之欲與尊重生命的抉擇需謹慎面對，更重要的是，面對狩獵時要有知足之心，如果過於貪心，便只是濫殺生命。

相較於寫實的狩獵經驗，也有些作家將狩獵的行為浪漫化，隱喻著自身理性與感性的掙扎，或者是將狩獵行為與自身的命運融合在一起，如夢羔子的〈獵人〉，呈現詩人內心狂野的激情：

原始林中
野生著我年少的狂傲與獸性
我眼前的世界
每一個動靜都在我的槍口中圈著[55]

詩中表達了詩人生命最黑暗的原始森林中有年少的狂傲，自我狩獵的對象便是生命深處的激情，因為詩人最後發現：「因為那奄奄一息的猛獸／那四處向我挑剔／我日夜欲追殺的敵人／竟是／我／自／己」，生命中理性與感性的對立、矛盾，以狩獵的過程表達，狩獵不再指涉實質意義，而是自我理性與感性求取平衡的一個過程。

金聖的小說〈獵蝙蝠〉描寫獵人阿城獨自入山狩獵蝙蝠，在過程中，阿城想到自己周旋在兩個老婆之間，兩個老婆卻嫌他身體衰弱，蝙蝠於是成為阿城眼中的補品，寄望這些

54 梁放〈獵鹿者〉，《暖灰》（古晉：砂拉越華文作家協會，一九九一），頁二〇。
55 夢羔子〈獵人〉，《日子曾經鋒利》，頁九六。

蝙蝠能重振他在太太心目中的地位。另一方面，「他開始把蝙蝠和獵人聯繫在一起了。祖父和父親的年代，一群群嚮往自由天空的人都是一群群蝙蝠。……每天都在提心吊膽過日子。蝗軍發起狠來就是活生生的獵人……」[56]藉著蝙蝠，阿城又想起父親一代人在日軍統治下過著提心吊膽的生活；最後當阿城狩獵完畢後，提著豐收的蝙蝠回家時，在路上遇到搶劫，阿城自身如同蝙蝠一樣，被他人搶去了所有的獵物。阿城悲困的生活在一場短短的狩獵中呈現，成為獵物的蝙蝠象徵著阿城自身的命運，處處被擺布，無法自由。

書寫在森林的狩獵經驗，對於身在文明城市的讀者，滿足了他們對森林的好奇心，也開拓了視野，也許這些狩獵經驗對於獵人或者原住民，只是日常生活的一部分，卻是城市讀者眼中精彩刺激的冒險傳奇，可貴的是，這些作家並無過分誇張造作的渲染，呈現了婆羅洲雨林獨有的地理環境與特色，甚至在文學創作上應用狩獵而達成豐富的寓意。

五、森林的原住民

拉讓江流域是砂拉越十多個少數內陸達雅族（亦稱伊班族）原住民世代居住的故鄉和主要聚落所在地。許多華文文學創作中，介紹了原住民的特殊風情，時或提到了華族與之交流的過程。

拉讓江又稱鵝江，這名稱的由來或許是因為拉讓江的彎曲河道如同鵝頸一般。兩岸除了有繁榮的市鎮，也有茂密的森林，豐富的環境與多元的種族，使得拉讓江的文化呈現多種面貌。[56]

不同心態的人看待山林，有不同的感受，黃孟禮提到：

一個詩人看山不是山，看到的是詩的火山，隨時噴出詩泉文岩。一個伐木者看山也不是山，看到的是棵棵搖錢樹，目中是鈔票滿山。一個原住民看山更不是山，看到的是多彩繽紛的大廚房，藏著無數山珍野味。山是天然的帳幕，地是不受限制的床榻，樹木是圍屏。整個山就是他們的窩，一個溫暖的家鄉——他們根本就是山之子。[57]

長期生活在山林中的原住民，對於森林的確有著多一分的了解，也依靠著森林發展出自身獨特的文化。雖然占大多數的原住民目前接受初等華文教育，但原住民以華文傳述

56 金聖〈獵蝙蝠〉，黃國寶主編《花雨》（詩巫：詩巫中華文藝社，一九九三），頁一八一。
57 黃孟禮〈看山不是山〉，《情繫拉讓江》（詩巫：砂拉越基督徒寫作人協會，二〇〇二），頁三七。

自身文化，或進行創作的幾乎沒有；而許多華文創作者卻漸漸發現原住民文化的獨特性，進而以報導的方式介紹其文化，或者敘述原住民文化觀察之感受，激盪出民族間交流的過程。

田思的小品文對於原住民生活有詳細的描寫，呈現原住民獨特的生活方式，如〈竹與藤〉描寫「竹與藤在森林中俯拾皆是，也成了山林民族生活中不可缺乏的道具」[58]，竹片構成了長屋的地板，長屋是原住民的住屋，原住民對竹與藤的利用，田思也讚嘆「其中多少古樸的生活情趣」。

長屋是一排房子連接在一起，同一屋簷下的族人和平共處，互相幫助。梁放拜訪長屋時，有這樣的感受：「儘管物質文明已或多或少把原始的長屋改革了，但伊班人那彼此關懷，鐘擺似但卻鑾有意義的生活有如熱帶的樹木，終年常翠，終年長青。」[59]伊班人即使在文明的衝擊中有些許改變，但是純樸之心仍存於他們的文化及生活中，在與他們的交流中，可以檢視自身，重新回歸心靈樸實的一面：

> 走出了長屋，你彷彿得到一些什麼。只有慢慢地想，你發現到你在文明的社會裡顯得太忙了；忙著要拚命地賺飯吃，忙得忘了自身的存在，忙得忘了你周圍之外，還有另一個更清新，更美好，更叫你舒適的天地。只要到了長屋，從伊班同胞們樸實

無華的生活中，你會認識了它們。[60]

在關於原住民的描寫中，許多作品也提到兩族（華人和達雅人）融合的視角，田思的〈山林夜行〉描寫一群年輕的華人在夜裡拜訪達雅人，在行路的過程中，有感於兩族開墾山徑的感受：

這裡本來沒有路，有的是比人還高的荊棘野草和叢生的雜樹；是我們華達兩族辛勤的祖先，嘗試著要從中踩出一條路來。經過了許多年的努力，山上和山下的人們終於親切地會合了。此刻我們走在這平坦的路上，是應該如何感激那些以他們的信心和血汗開闢出路來的先輩們呵！[61]

58 田思〈竹與藤〉，《田思散文小說選》（詩巫：砂拉越華族文化協會，一九九六），頁六三。
59 梁放〈長屋〉，《暖灰》，頁四〇。
60 梁放〈長屋〉，《暖灰》，頁四四。
61 田思〈山林夜行〉，《長屋裡的魔術師》（居鑾：曙光出版社，一九八二），頁五八。

兩族能互相融合而和平的相處，甚至是為了共同的目標而合作，都是經過長時間而達成的。華人初期對原住民有所誤解與輕視，甚至稱原住民的婦女為「拉子婦」，是相當不雅的稱呼。黑岩的小說〈小鎮風采〉便敘述了在家中幫忙的原住民婦女──「依姆」（伊班語，「伯母」的指稱），認真勤奮的依姆幫忙分擔了家務的重擔，也小心翼翼照顧小孩，卻被鄰居嘲諷為「拉子母親」，甚至周遭親朋好友因為主角家中有個「拉子婦」，也以異樣的眼光看待主角，但是依姆卻早已成為家中的重要一員了，和全家人都有濃厚的感情，最後依姆去世時，主角懷念道：「我雖與依姆相處過一段不長的日子，但她給我的印象卻是那麼淋漓盡致，越來越深刻，昔日的小鎮風采唯有在夢中才能尋回。」[62]即使原住民受到輕視的眼光，但誠摯的心靈仍盡情地釋放親情的關懷。

梁放的小說〈龍吐珠〉[63]描寫一位伊班族婦女被一位「回唐山」的華族男子拋棄的故事。小說中展現了華族丈夫的無情，伊班族妻子至死對丈夫的愛，母愛的悲痛和偉大，兒子對父親的責備與對母親的悔恨。宋志明稱讚這篇小說：「這和當時華人經濟生活、倫理觀念及僑民意識聯繫起來，能寫得絲絲入扣，在現代小說中已不多見，因為當時的社會形態早已遠離我們。」[64]在小說中，作家表達了對伊班母親不幸的遭遇感到同情，也使讀者側面了解伊班族卑微的處境與高貴的心靈。

另一方面，面對文明的衝擊，原住民的文化也受到嚴重的威脅，許多作品便提到這樣的危機，如陳瑞麟在散文〈「伊班傳統」的消失〉提到：「要拍照，找不到人表演吹筒、鬥雞、撒網，這些節目，不是缺少道具，就是沒有人會，使我突然想到『伊班傳統』的沒落，如此下去，『伊班傳統』的消失，也只是彈指之間。」[65]傳統文化的產物與技藝漸漸消失，許多原住民也走向城市，脫離純樸的森林生活，如傳統伊班族的女性裝扮中有以雙耳穿洞，加上沉甸甸的銀耳環使耳垂下垂至胸前，但「在時代進步聲中，山中居民，尤其是年輕一代，已不流行『穿耳垂洞』的傳統了。少女們與城市人們一樣生活在繁忙的環境，享受文明的一切。偶爾佳節或傳統節日，才暫離工作崗位，回到長屋與家人團聚。」[66]

原住民生活形態的改變，已是不爭的事實。沈慶旺在詩集《哭鄉的圖騰》中，更深

---

62 黑岩〈小鎮風采〉，藍波主編《愁月》，頁一三九。

63 梁放〈龍吐珠〉，《煙雨砂隆》（古晉：砂拉越華文作家協會，一九八五），頁一三六～一四九。

64 宋志明〈一場激情文學盛會的側寫——對吳岸、朵拉、梁放的文學掃瞄〉，蔡存堆主編《漳泉文苑》（詩巫：詩巫漳泉公會，一九九七），頁二一七六。

65 陳瑞麟〈「伊班傳統」的消失〉，《無畏無私》（詩巫：砂拉越留臺同學會詩巫分會，二〇〇一），頁八四。

66 蔡宗賢〈夢一般的詩情畫意〉，《在老街五腳基上看夕陽》（詩巫：詩巫漳泉公會，一九九六），頁三四。

刻地描寫原住民拋下傳統，投入文明的掙扎和蛻變。田思評論《哭鄉的圖騰》一書提到：「沈慶旺是帶著同情心與不平心去描寫山林族群在過渡向文明的荊棘路上所經歷的惶惑與痛苦。這種同情心與不平心乃源於『共飲一江水』的兄弟般感情。」[67]在詩中，詩人表達了原住民傳統的喪失，如〈加威安都〉：「文明已混濁我們的血／民族的感覺已被同化／讓我們最後一次／忘情地享有／傳統幻滅的痛苦歡悅」[68]；詩集中也表達了森林環境的破壞，如〈有時酒與鄉愁一樣可愛〉：「當木山道一直深入／深入到山林的心臟／深深刺痛原住民的夢幻／一切的夢幻憧憬／在新月消逝無跡之前／趺趺撞撞在崎嶇的山路間」[69]；對於原住民在城市卑微的生活亦有描寫，如〈一盞月亮的燈〉：「文明的恥辱／教我們拋棄習俗的／無上裝／而在繁華世俗幽暗的／小閣樓裡／廉售裸貞」[70]。由於原住民世居山林，城市的文明對他們是迅速而激烈的衝擊，他們的文化演進無法循序跟進，面對文明時，顯得茫然失措，甚至在投入都市生活後，失去了既有的傳統文化，才回過頭發現對逝去的森林生活的眷戀，如〈拉讓江〉：「掌中躺著紋路／紋路淌著水流／水流躺著你的身影／你的身影淌著我的／鄉土／淤積澄清山乾渴的記憶／三分蒼鬱／七分惆悵」[71]；或者〈鄉土〉：「落日落不到的／茂密森林／有最肥沃的耕地／只要你心中還有鄉土／你也可以／放牧一片山野的／旱穗」[72]。這些對森林眷戀的感受，卻是城市生活中的原住民最矛盾的心情，為了家計或整體環境變化，使他們不得不投入城市中。被文明推著向前走的原住民，鄉愁只能是心中最深的感嘆，因為部落漸漸在沒落，如〈森林的香火〉：「森林裡沒有什麼哲學／哲學裡也沒有森林／沒有森林的族人／沒有故鄉／沒有圖騰的部落／是捻熄的香火」[73]，以及〈萎縮的部落〉：「世界並不曾遺棄山林裡的部落／而部落卻遺棄了世界／我們的新生代將見證／這逐日逐日萎縮的／部落」[74]。這些詩句以無奈和悲劇性構成，詩人在其中表達的同情與關切，背後是基於對原住民和森林的關愛，原住民未來的處境更值得大家的關懷。

森林涵養了原住民樸實的本質，如同沈慶旺在詩集首頁提到的：「原始不是落後，而

67 田思〈被遺忘的鄉野——序沈慶旺詩集《哭鄉的圖騰》〉，沈慶旺《哭鄉的圖騰》（詩巫：詩巫中華文藝社，一九九四），頁十。

68 沈慶旺〈加威安都〉，《哭鄉的圖騰》，頁五三。

69 沈慶旺〈有時酒與鄉愁一樣可愛〉，《哭鄉的圖騰》，頁一〇一。

70 沈慶旺〈一盞月亮的燈〉，《哭鄉的圖騰》，頁六十。

71 沈慶旺〈拉讓江〉，《哭鄉的圖騰》，頁五七。

72 沈慶旺〈鄉土〉，《哭鄉的圖騰》，頁七八。

73 沈慶旺〈森林的香火〉，《哭鄉的圖騰》，頁九六。

74 沈慶旺〈萎縮的部落〉，《哭鄉的圖騰》，頁一一三。

是更接近本質」。當我們感動於原住民純樸的生活情調時，也提醒了自身不要迷失在文明繁華的幻象中，而應把握身為人最初的本質。

六、反殖反帝的森林鬥爭

森林書寫的範圍中，關於環保、原住民等是屬於全球性的議題，但是在東馬的砂拉越，由於特殊的地理環境與歷史發展，森林書寫有一個獨特且重要的題材：森林鬥爭。

砂拉越的森林鬥爭，起源於一九六二年十二月八日汶萊人民黨武裝起義，欲推翻英帝國的殖民，此次行動波及砂拉越，砂共因此進入森林，展開武裝鬥爭。一九六三年，砂拉越當地正展開大規模反馬來西亞計畫[75]，於是砂共趁此潛入印尼進行軍事訓練，後返回砂拉越。數年之間，森林中的武裝鬥爭發展到高峰，政府軍疲於奔命，但這樣的鬥爭終究於一九七三～一九七四年的斯里阿曼和平行動[76]中趨於式微。

面對森林鬥爭的歷史事件，成為小說或新詩創作的題材時，較多展現了青少年熱血奮鬥的精神與家人擔憂的心情；而當年參與森林鬥爭的人員，最終則是將自身的回憶化成一篇一篇新詩或散文，記載當時的心情與艱苦的生活。近年來許多關於砂共鬥爭的照片、手稿等史料或研究都已成書出版，如田農的《森林裡的鬥爭》[77]對砂拉越共產黨的組織進行研究，蔡存堆的《怒海揚帆——砂共史初探》[78]有珍貴的手稿與照片。

黑岩的《荒山月冷》一書所收錄的〈室鳥已死〉與〈荒山月冷〉兩部短篇小說，即以森林鬥爭為題材。〈室鳥已死〉側寫了小兒子國清加入砂共，最後死於森林鬥爭，而父親後來與大兒子國賢搬到澳洲居住，但父親在異國的生活中仍懷念家鄉，其中父親有段感嘆：「要不是那倒楣的什麼，反對殖民地，爭取獨立，怎麼也不會失去國清，失去老伴。」[79]雖然森林鬥爭包含了多少青年的理想與熱情，但是面對鬥爭的苦難，家人只擔心自己兒女的平安，希望單純回歸到家庭團聚的幸福。而〈荒山月冷〉則描寫男主角銀湖加

75 受到一九六〇年聯合國大會通過殖民地國家及民族獨立宣言的影響，馬來亞聯合邦首相東姑阿都拉曼於一九六一年在新加坡提出：聯合北婆羅洲（沙巴）、汶萊、砂拉越、新加坡及馬來亞五邦，共組成馬來西亞新國家政權。此即所謂「馬來西亞計畫」（簡稱「大馬計畫」）。砂拉越人聯黨反對，開始進行反大馬計畫的政治性活動，乃逐漸發展成持續經年的砂共武裝抗爭及動亂（一九六三～一九七三）。

76 砂共長達十年的森林武裝戰鬥，在一九七三年因主客觀條件的變易，開始走上談判桌，結果砂共陸續走出森林，解除武裝，到一九七四年四月大體完成，當局將此譽為「斯里阿曼」（意即「和平」）行動。但仍有少部分流竄於山區，一直到一九九〇年才完全結束戰鬥，走出森林，重返社會。

77 田農《森林裡的鬥爭》（香港：東西文化事業公司，一九九〇）。

78 蔡存堆《怒海揚帆——砂共史初探》（詩巫：詩巫慕娘印務有限公司，二〇〇〇）。

79 黑岩〈室鳥已死〉，《荒山月冷》，頁六八。

入了森林鬥爭，放棄了家庭幸福，妻子阿月與女兒相依為命，最後阿月改嫁銀湖的好友家盛。面對森林鬥爭，銀湖的心態是：「在我心靈的天坪上，擺著兩種愛，一種是對這土地深深的愛，一種是對你（阿月）真摯的愛，但在殘酷的現實，只允許我選擇一種，偏偏這種愛卻是我生命不可缺乏，我只有把愛獻給這土地和人民⋯⋯。」[80]小說交織著男主角對理想的熱情與妻子愛情的掙扎，令讀者感受到當時的環境下，主角對選擇的命運之無奈。

但是真正參與過森林鬥爭的何苦便寫〈我看《荒山月冷》〉一文批評該篇小說，主要因為小說最後通過司機阿旺的口中，說出銀湖「去山裡鬼混！」何苦便批評：「鬼混？這支拋頭顱灑熱血的部隊，這場迫使英帝提早交出政權的鬥爭，大言不慚要反映時代面貌的黑岩竟以『鬼混』二字概括，真是歪曲到了極點，卻又淺薄無知到了極點，可笑亦復可悲。」[81]但黑岩在小說後也提到：

> 小說中的主角人物是虛構，而故事情節卻是那段時代青年不幸的縮影，故事並不批判他們所走的道路，批判只有交給歷史，只是那個時代歷史的特殊情況所造成。他們有理想，有抱負，對這土地有著熾熱的心。但他們走過的道路卻又是那麼崎嶇不平，命運的造化對他們也許不太公平。但在歷史的路途上，他們不踏進泥濘的路子，又有誰能跟上去。[82]

文學創作畢竟不是歷史紀錄，既使小說中有不符合史實的情況發生，但作者只想藉由小說表達在那個時代背景下，人們的掙扎與奮鬥的過程。另外，田風短篇小說〈紅箱子的故事〉則描寫辛老頭因兒子捲入砂共與士兵的槍戰中身亡而感到悲傷，小說提到：「砂共組織採取向年紀尚輕的人灌輸共產主義思想，啟發他們對現狀不滿，讓他們欲為理想鬥爭，結果使年輕人落入圈套，最後賠上生命的代價是司空見慣的事。」[83]而汀町小說〈二十年〉則是描寫秀玲的父親參與森林鬥爭後，便渺無音訊。秀玲認識劉錢來後，發現自己的父親，竟與同樣投入森林鬥爭的劉錢來的姊姊結婚，最後劉錢來帶著秀玲的父親出現，見過秀玲病危的母親最後一面，最後秀玲與劉錢來結婚。曲折的人際關係與命運的捉弄，在小說中展現，因此小說最後說：「人生就是如此短暫，應當好好把握。人生也就是如此，

80 黑岩〈荒山月冷〉，《荒山月冷》，頁一一六。
81 何苦〈我看《荒山月冷》〉，何苦、韓心《歌未竟》（詩巫：常順印務有限公司，二〇〇二），頁一四二。
82 黑岩〈關於荒山月冷〉，《荒山月冷》，頁一三八～一三九。
83 田風〈紅箱子的故事〉，藍波主編《地錦》，頁九二。

是人料想之外。」[84]煜煜的〈輕舟已過〉則描寫男主角林文卓投身森林鬥爭後，卻懷疑這一切到底值不值得，最後他放棄了參加鬥爭，一同奮鬥的愛人玲惠卻不諒解他的行為。當兩人分離多年後重逢時，林文卓卻驚覺：「他們過去的一切，都成了過眼雲煙，陳年舊事。他們碰面，除了盪起一點漣漪，再也擦不出火花，激不起驚濤駭浪。」[85]除了呈現雲淡風輕的心情，也有一點事過境遷淡淡的感嘆。總的來說，這些小說對於投身森林鬥爭而身亡的年輕人感到不忍，也同情著其親人擔心受怕的煎熬。由於著眼於這些不幸，小說因此批判了森林鬥爭中殘忍的一面。

雨田（楊藝雄）的新詩〈闊別〉，則將「小我」融入了「大我」中，思念進入森林鬥爭的愛人，同時也懷抱著理想。詩中提到「奧秘的叢林／我的愛人如今／正在你的懷抱探索」[86]，即使兩人分隔遠地，詩末「望著浩瀚的南中國海／擎起千萬把波瀾／接上萬里晴天／對這一片景致／讓我們互述闊別／再比一比懷抱」[87]，田思對此評論說：「最後兩句，仍然扣緊他倆對集體事業的忠誠和持續的信念，把『小我』之情融入『大我』的前景中。這便是那個時代理想主義者的典型形象。」[88]除了這首詩，這些懷抱理想而投身森林鬥爭的志士，還將自身的熱情藉著新詩予以展現，如雨田的〈山水詩情〉：「看吧！／我們的旗幟／是怎樣勝利地飄揚在／陰抑的寡婦山／烈火怎樣把黑暗的祖國／照得通紅發亮」[89]，呈現一片豪情與驕傲。劉斌也有多首詩作，表達了參與森林鬥爭的熱情與理想，如〈風起雲湧〉：「翻越高山，／走過曠野草地，／頂風冒雨風餐露宿，／踏遍大好山河。／……鬥爭進行到底，／渾身幹勁堅持前進，跌倒了爬起來。」[90]不屈不撓的意志蘊含其中。〈夜難行〉則描寫了森林行軍的困苦，面對如「露侵寒入骨」、「缺糧飢餓」、「帆布為床塑膠布篷帳」[91]等困境，但是為了「反殖反帝要自由，爭鬥獨立反大馬，／曠野森林煉意志，險惡環境堅奮鬥。」[92]詩人洋溢著愛國的熱忱，為了自由、理想的執著，面對種種艱辛，仍不斷前進。這些新詩不同於小說著眼於親人與鬥爭者分離的悲哀，而是呈現了這些青年愛國的熱情與理想的堅持，讓人為他們努力的付出而感動。

---

84 汀町〈二十年〉，黃國寶主編《花雨》，頁一九九。

85 煜煜〈輕舟已過〉，《輕舟已過》（美里：美里筆會，一九九八），頁二一。

86 雨田〈闊別〉，《闊別》（詩巫：詩巫漳泉公會，一九九五），頁八四。

87 雨田〈闊別〉，《闊別》，頁八七～八八。

88 田思〈激情時代的理想謳歌——讀雨田的《闊別》〉，雨田《闊別》，頁九三。

89 雨田〈山水詩情〉，友誼叢書編委會《往事》（詩巫：詩巫友誼協會，二〇〇〇），頁一三。

90 劉斌〈風起雲湧〉，《悠悠歲月中》（詩巫：詩巫慕娘印務有限公司，二〇〇〇），頁二一。

91 劉斌〈夜難行〉，《悠悠歲月中》，頁二一。

92 劉斌〈奮鬥和平頌〉，《悠悠歲月中》，頁一二一。

當年許多關於森林鬥爭的生活與史料，則以散文的方式記載下來，部分是參與者的回憶，部分是資料的考察。這些散文的文筆樸拙，卻呈現了當年森林鬥爭生活最真實的一面，讓人讀來更可體會森林鬥爭生活的艱辛和必須面對森林的挑戰。生活環境方面，除了拉讓江岸邊土質較好，可栽種胡椒、水果外，其餘森林地區因沒有排水設施，長年積水，如拉讓江下游軍區第四軍分區中，「全區的經濟活動仍是落後的、原始的人力生產。人民生活簡樸、善良、辛勤。」[93]森林的土地不適合農耕，因此只能捕取動物維生，如：「在同志們中經常講著一句話：『上山有豬，下河有魚。』」[94]但通常伙食是「一日三餐以木薯為主，把木薯去皮，放點鹽煮熟，配點野菜，這就是很好的伙食了。……十天八天，運氣好的話可分一點山豬或鹿的肉。飲料只有白開水。當然，以後局勢緊張時，有山溝裡的水喝就不錯了。」[95]而在森林基地的生活則為了保存力量，避免遭受政府逮捕，於是進行挖地洞、建築地下室的工作。蔡銀娥便提到：「地洞除了用來開會外，主要是用來搞印刷出版工作，當時廣泛流傳的《農民報》便是在地下洞裡編寫出版的。」[96]除了面對糧食不穩定的供應困境與地下洞穴的生活，軍隊也常面臨被政府軍追擊，如一九七一年三月八日的「青山事件」中，被圍剿的砂共軍隊，度過了懸崖峭壁、涉水越河，最後「我們隊伍一直在文丹紅樹芭中艱難地行走，紅樹芭內積水又陷人，行走實在困難至極，速度也極緩慢。走了整整一個晚上才到達一塊比較平坦和乾燥的地方。」[97]另外，曾經夜晚的陣地戰中，砂共逃亡至峭壁，「大家咬緊牙根，一步步爬上去，由於峭壁陡直，有的地方沒有好踏腳，又是伸手不見五指，只好一個接一個聽暗號和靠摸索爬上去。」[98]

森林鬥爭的生活中，最悲哀的莫過於鬥爭中的死難者，由於情勢緊急，森林中並沒有一個長期安全的地區，很多死難者只是隨便埋葬，「事過境遷，今天，又有誰想到去發掘與重新安葬這些死難者呢？死者已矣，現實無情，這些長埋的枯骨，將永遠湮沒在原始叢林之中。」[99]這些回憶式的紀錄，再印證著小說流露的同情與批判，鬥爭雖然爭取了政府的

---

93 于東〈拉讓江下游軍區第四軍分區人文環境介紹〉，《風雷激盪的歲月》（美里：美里印務有限公司，二〇〇三），頁六六。

94 永戰〈邊區，可愛的地方〉，友誼叢書編委會《悠悠歲月話當年》（詩巫：詩巫友誼協會，二〇〇一），頁一一七。

95 蔡存堆〈山林在哭泣〉，《怒海揚帆——砂共史初探》（詩巫：詩巫慕娘印務有限公司，二〇〇〇），頁一六二。

96 蔡銀娥〈地下洞〉，林臻化、蔡銀娥《那一身泥土氣》（詩巫：常順印務有限公司，二〇〇二），頁三一三。

97 自立〈青山事件〉，友誼叢書編委會《風雨年代》（詩巫：詩巫友誼協會，二〇〇二），頁五一。

98 蔡存堆〈山林在哭泣〉，友誼叢書編委會《風雨年代》，頁一六七。

99 蔡存堆〈山林在哭泣〉，友誼叢書編委會《風雨年代》，頁一六五。

退讓，但是付出的代價卻是無數青少年的熱血與生命。

田農提到砂拉越共產黨森林鬥爭的失敗，除了很難爭取到山地原住民族的合作，另一方面組織勢力也有所衰退，「領導者大抵是受過中等教育，小康之家出身的青年，他們只是為一個夢中的理想而鬥爭。因此，當壓力一來，面臨生死存亡，或為私人利益作抉擇的時候，便不顧一切，甚或於幹出嚴重的出賣組織的事件，這是一件非常可笑的事。」[100]因此最後森林鬥爭結束。面對森林鬥爭的艱辛回憶，最後只願和平的降臨，並且珍惜目前平安幸福的生活，「奮鬥的歲月，／奪去了多少壯士生命！／殲滅了多少敵人！／鋒芒畢露……。／轉眼沒入叢林……／走出森林曠野／奮鬥結果！／什麼都不要？／和平萬歲！」[101]

七、結語

砂拉越豐富的雨林資源是當地的優勢，特別是拉讓盆地周遭圍繞著雨林環境，且拉讓盆地的中心地——詩巫，有著活躍於華文文壇的寫作人，森林書寫也由此開展。森林書寫的主題圍繞著對熱帶雨林的讚美與眷戀之情，進而產生對原住民文化欲振乏力的感嘆、對於人為政策偏差的批評，與城市化所帶來的疏離感的無奈；另外，森林書寫還成為早期森林鬥爭的回憶。

大抵來說，目前拉讓盆地華文文學中的森林（雨林）書寫，主要的文類多以新詩、散文為主，特別是具有環保意識的題材，多由新詩表現。小說則多以早期反殖反帝的森林鬥爭為主題。從作品中可以感受到創作者關心森林、家國和民族，有悲天憫人的心靈與堅毅奮鬥的熱情。不同於臺灣等許多區域，都市文學成為創作主題的方向，森林書寫卻在馬華文學中擁有發展的潛力，在全球重視環保議題的今日，森林書寫對於原住民文化的傳承、雨林環境的保護等議題，喚起了人們相當程度的重視，不但突顯馬華文學的特徵，更激起讀者對馬華文學的好奇與期待。相信目前的森林書寫只是起點，未來更值得期待。

——發表於「兩岸三地人文社會科學論壇：中國文學與文化的傳統與變革學術研討會」，南京：南京大學、中文大學（香港）、中央大學（臺灣），二〇〇六年十月十四至十六日。原題〈進出森林：戰鬥？抑或疼惜自然？——砂拉越華文作家的森林書寫〉。收入《中國文學與文化的傳統與變革》（南京：南京大學出版社，二〇〇八年十一月）。

---

100 田農〈殘餘的部隊〉，《森林裡的鬥爭》（香港：東西文化事業公司，一九九〇），頁六。

101 劉斌〈和平萬歲〉，《悠悠歲月中》，頁四四。

砂拉越華文作家筆下的砂拉越江山：以詩為例

一、前言：砂拉越的江山

旅行，是空間的移動，而且是從本鄉本土往他鄉異縣，甚至是他國異邦的移動；旅行寫作，則是此過程中聞見思感的敘寫，包括寫作者與異地人事景物的交流對話，與本鄉本土之比較對照。

近年來，在砂拉越華文文學中的旅行文學數量不少。身處砂拉越的華人，藉由島內旅行來觀看、親近與了解砂拉越這片熟悉的土地，進而探訪更深的原始部落，寫下他們的感懷。除了在本州遊歷，許多人回到原鄉中國，發現了雖同是華人，生活方式和價值觀等卻有所不同，原鄉迭經歲月的洗禮，改變的痕跡非常明顯；他們也到世界其他國度，觀賞異域風景，體察奇特的人文現象。

砂拉越在東馬來西亞，是馬來西亞最大的一州，位於婆羅洲的西北海岸，南北長約七百公里。婆羅洲隔南中國海與馬來半島（西馬）相望，是世界第三大島，總面積為七十五萬方公里；北婆羅洲即沙巴，是馬來西亞第二大州，在砂拉越與沙巴之間有一石油王國，那就是汶萊，更早之前稱婆利、渤泥、婆羅乃。至於南婆羅洲，即印尼之加里曼丹。

砂拉越及沙巴，有不少值得探訪的地方，許多原始的森林或是高山、河川，原始、神秘，卻又充斥各種人為的破壞。在這些遠離城市的地方，更有原住民久居在此，拉讓江流域是砂拉越十多個海達雅族（亦稱伊班族）世代居住的故鄉。華文作家觀察他們的生活，在旅行寫作中寫下他們的處境，不同的民族因此有了交流。

本文以砂拉越華文作家島內旅行寫作為討論對象，選擇最能代表砂拉越的一江（拉讓江）一山（姆祿山），重點放在原住民、自然山水和森林浩劫。

二、拉讓江：鵝黃的江水在薄暮下流向蒼茫

田思的〈鵝江偶遇〉是旅行寫作一種常見的形態：偶遇故人，因景生情，也必有昔日情境與今之狀況的對照，有歡愉也有人生的喟嘆。

我又來到鵝江畔

看鵝黃的江水
在薄暮下流向蒼茫

少年時的玩伴
站在我的身旁
二十年前的往事
像天際彩霞的變幻[1]

鵝江是拉讓江的別稱。出身古晉的田思在詩末的「注」中說，他是到詩巫開會；拉讓江流到這裡已是下游地帶，田思偶遇幼時學姊，想起過去，別有一番滋味在心頭，「看鵝黃的江水／在薄暮下流向蒼茫」，時間無情流逝，空間無限蒼茫，田思讓情景相融於詩行間。

詩巫詩人桑木來到了拉讓江上游的小鎮，感受的大自然美景不再：

江泥淤積
不問何時

如今爛灘
已露出千里的囂張
才驚覺河床日淺時日
渾濁水位早已杜絕
長舟與舷外摩多的造訪
河的停泊，成了休止符
小鎮命運早已定奪[2]

這砂拉越第一大河，曾幾何時已渾濁不堪，連上游都已「江泥淤積」，「河床日淺」。桑木在詩後說：「山明水秀已產生危機，地理環境也影響人心真善，地靈人傑也成了我心中美麗回憶的港灣。」身為砂州的一分子，詩人不免為環境變遷感到無奈，語帶譴責，這種世界性的都市文明入侵，對自然山水破壞加劇的現象，是人類與自然的浩劫。

1 田思〈鵝江偶遇〉（節錄），《我們不是候鳥》（古晉：砂拉越華文作家協會，一九八九），頁六三。
2 桑木〈停泊，成了河的休止符——路過拉讓江上游一小鎮〉，《一次橫渡的聯想》（詩巫：詩巫中華文藝社，二〇〇二），頁一一三。

我們再來看田思和桑木都寫過的馬鑾河。田思的〈夜探馬鑾河〉是這樣寫的：

在激流與暴雨的
　劇烈爭吵中
我們以一舟輕巧
掠過千重山萬重灘
穿入雙溪馬鑾
穿入黑暗的心臟

……

一盞燈
陡地從前面升起
一座村落
倏然在河岸隱現
石灘上傳來

村人親切的招呼
驚喜交集中
我們把陌生的客心
交給蕩漾著
　銅鑼聲和米酒香的
長屋之夜[3]

詩末有注：「一九八〇年杪，與吳岸兄應伊班友人施蒙君兄妹之邀請，坐長舟沿拉讓江中游而上，造訪其深山密林中之長屋。時逢大雨，在激流與險灘中奮進數小時後，至其長屋附近之馬鑾河時已是黑夜。……詩中之雙溪馬鑾即Sungai Meluan之譯音，為拉讓江之支流。」一詩分四段，此引前後二段。全詩有幾個重點：第一，在暗夜裡，在傾盆大雨中，溯江而上的險況；第二，沿途的聞見思感；第三，應伊班友人之邀而來，敘及村落、長屋以及友族之待客等。寫的是奇異經驗，人與自然、族群、朋友之間，可以調節到平衡與和諧。

3 田思〈夜探馬鑾河〉，《我們不是候鳥》，頁一～二。

桑木的〈夜過馬蠻河〉也描寫了與原住民朋友歡聚的感受：

飲盡最後一滴杜亞
長老的故事
也接近尾聲

竹廊火堆
也嘆盡了一口氣
嘶啞的班頓也停泊在
雅扎舞者的夢鄉
抽一抽　洛各煙吧[4]

顯然是長老宴客，有酒（杜亞），有煙（洛各），有詩歌（班噸），有舞蹈（雅扎），有故事（長老的），原住民好客，異族之間也可以有好關係，和諧最重要。

三、姆祿山：我又見到你高貴的皇冠

砂拉越詩人吳岸有〈摩鹿山〉：

我告別摩鹿山
走出森林
來到了雙溪百林奴河畔
回頭望
摩鹿山
我看見你莊嚴的頂峰

那裡有美麗的鹿洞
神秘巨大舉世無雙
石壁上有海螺的化石
鐘乳下有祖先的足跡

4 桑木〈夜過馬巒河〉，《一次橫渡的聯想》，頁二五。

……

我離開了峇南河
流浪在紛擾的都城
不論到多遠的地方
我回頭
摩鹿山
我又見到你高貴的皇冠

靜靜的雙溪百林奴
多少船兒競渡
掀起多少波濤
留下多少渾濁[5]

一九九〇年十月三十一日遊摩鹿洞口

吳岸在詩後註解：「摩鹿山（Mount Mulu）在砂拉越內陸，山下有世界最巨大的地下洞穴和神祕的洞群，內有無數珍奇的動物和植物，現已開闢為旅遊區。鹿洞為其中之一洞穴。摩鹿山地區亦為遊牧民族普南族及加央、肯雅族人的家鄉。雙溪百林奴（Sungei Melinau）出自摩鹿山麓，匯入峇南河（Sungei Baram），流進南中國海。」其地理位置在美里（Miri）墨林瑙河上游，一般譯為姆祿（鹿、魯）山，是國家公園，著名的旅遊勝地。

詩凡八段，此引前後四段。全詩雙線交錯進行：單數段是主體，每段六行，以第一人稱「我」的行動之敘寫，並以第二人稱「你」代指摩鹿山，「我」和「你」對話，來寫摩鹿山，既狀其形，亦寫其空間關係；雙數段有如註解，每段四行，下降二格成段，屬於內涵性的重點之敘寫，先寫洞，再寫族人與森林處境：「到處聽見伐木的聲響」與旅客來此獵奇是它的兩大挑戰，結筆處讓出自摩鹿山麓匯入峇南河的雙溪百林奴成為永恆的見證，「船兒競渡」的人間性，「波濤」、「渾濁」終歸於靜。

田思有〈姆祿山組詩〉[6]，「姆祿山」即吳岸筆下的「摩鹿山」。該詩先寫鹿洞蝙蝠，再寫朗洞鹽木橋，第三寫風洞鐘乳石，第四寫清水洞。後面有註說：姆祿山位於美里省墨

5 吳岸〈摩鹿山〉，《榴槤賦》（古晉：砂拉越華文作家協會，一九九一），頁二一八～二二一。

6 田思〈姆祿山組詩〉，《給我一片天空》（吉隆坡：千秋事業社，一九九五），頁八二～八四。

林瑙河上游，擁有世界上最長的山洞系統與天然隧道。其山洞總長度估計超過五百公里，已開放的有鹿洞、朗（蘭）洞、風洞、清水洞等。

鹿洞沒鹿，卻有數以萬計的蝙蝠。朗洞全是栩栩如生的鐘乳石，奇形怪狀，進入時彷彿走入幻境，絕美圖象難以形容。風洞也是鐘乳石洞，有風徐徐，故名。要進入清水洞之前，要攀登約兩百級的石階，洞底有溪，可以泛舟。洞內有石筍曰少女石，並有罕見的單葉植物，洞壁鐘乳石多成鯊齒狀。不過這裡有很多已經死亡的鐘乳石。看不見下面的溪流，進洞之後，人在溪流的上面，河流在腳下。入洞口之處，是當地原住民在人死之後，丟屍體的地方，可以想見尚未被開發成公園時，其景象何其可怕，但現在已經看不到了。

這組詩寫得很好，其中〈鹿洞蝙蝠〉前段：

從煙囪式的崖頂洞穴
倏地升騰起一股裊裊的炊煙
那煮著落日的黑爐風門
紛紛揚揚地噴出點點的煤屑。

炊煙、黑爐、風門、煤屑意象群，整體營造出蝙蝠的黑和灰暗的情景。而第二段所講的就是形容蝙蝠從山洞中飛出來盤旋的形狀，詩人的筆下，形、聲、意兼備。

田思另有一首〈夢回姆祿〉[7]，一開始他寫了犀鳥，砂拉越是犀鳥之鄉。此詩首尾連貫，是否真的夢見並不重要，重要的是他對姆祿有情。

藍波有一首〈心向「姆魯」〉，自然與人文雙寫，表現了他與原住民一同慶祝豐收的喜悅：

六月
雅達族豐收節的歡騰
自龍紋銅鑼
咚咚空　空咚咚
響遍咨南河江岸
竹筒糯米飯
米酒醇香

7 田思〈姆祿山組詩〉，《給我一片天空》，頁八五～八六。

飄在粼粼潮頭
溢滿顆顆入山的心

且帶一瓣塵塵凡心
將城市喧嘩氤氳
拋在汽艇尾浪滾滾
我期待
雨林粗獷的擁抱原始
我欲攀石林的慾
是一簇美麗崢嶸的誘惑[8]

達雅族豐收節的歡騰如在眼前，那裡面有人與天地的關係；城市的喧囂使人不耐，唯有親近自然才可以洗盡都市的塵土。詩人甚至湧起了攀石林的念頭，說明他「擁抱原始」的心願。

當他參觀朗洞，寫下洞內風光：

霓光引來　擁我
萬年洪荒的回歸
無奶汁的鐘乳
以滴水為生命
一路延續而下
石筍仰起尖削的臉
侍候千年後
最初的一吻[9]

不只欣賞洞內風光，他希望觀光客「請用眼睛撫摸／來客的手指／該是垂直的枯枝」，大自然美麗的景致，本就該通過視覺，用心賞讀，而非恣意破壞。

8 藍波〈心向「姆魯」〉，《變蝶》（詩巫：詩巫中華文藝社，一九八五），頁六九。

9 藍波〈朗洞〉，《變蝶》，頁七五。

四、雨林與原住民：如今我們都屈坐船艙

雨田的《闊別》詩集裡有一首〈汶加那之行〉，描寫深入汶加那河及森林的情景：「數不盡的青巒／起伏的山崗／流不盡滾滾波濤／你從哪裡來／林蔭深處有人家」、「當水聲喧鬧／輕敲舟緣／河面多麼平廣／周圍的古樹和峭壁／一齊向河面俯瞰」[10]。

藍波也有對於雨林的描寫：

我走入
原始雨林一片森森
層層枯落葉子
鋪成一路濕漉的地氈
……
靜寂的空間
有林鳥疏疏落落的啁啾
伴著自己的心跳

耳畔
有落葉輕輕呢喃
我站成林中小樹
仰首　呼吸與邦達
餐飲雨水陽光[11]

進入了雨林的深處，落葉鋪成一路濕漉的地毯，和那靜寂的空間對話，「站成林中小樹」，感受自然的真實，則「我」與森林也就融成一體了。

除了大自然，森林中有人，那是可親可近的原住民，雨田前揭詩中有這麼一段，表現出華人與原住民的互動：

如今我們都屈坐船艙
你是加央、他是伊班

10 雨田〈汶加那之行〉，《闊別》（詩巫：漳泉之聲，一九九五），頁五一～五三。
11 藍波〈走在雨林〉，《變蝶》，頁七一。

是肯亞或普南
一面捲煙
開懷暢談
排遣旅途的寂寞悵惘
大家都願調教我
帶一支吹筒
一根釣竿
一把巴蘭刀
走遍雨林心臟
尋找姿彩跌宕[12]

一趟旅程，除了詩人是華人，「你是加央、他是伊班／是肯亞或普南」，前引吳岸詩的注中也提了這些砂拉越原住民族，同船共渡是一種很重要的族群信念，雨田長期生活在山林中，向原住民學習，所說「他們都願教我」何只是一次的同船經驗，根本是他的生存哲學。詩中「吹筒」、「巴蘭刀」都是原住民生活中必備工具。

田思的〈山林夜行〉描寫一群年輕的華人在夜裡拜訪達雅人，在行路的過程中的感受：

路面是狹窄的，狹窄得不能容下兩人並行；然而它很平坦，沒有亂石來絆我們的腳。於是我們想起在很久很久以前，這裡本來沒有路，有的只是比人還高的荊棘野草和叢生的雜樹；是我們華達兩族辛勤的祖先，嘗試著要從中踩出一條路來。經過了許多年的努力，山上和山下的人們終於親切地會合了。此刻我們走在這平坦的路上，是應該如何感激那些以他們的信心和血汗開闢出路來的先輩們呵！[13]

旅行寫作不只是風景的描述，田思告訴我們，地上本無路，路是人走出來的，而且是「我們華達兩族辛勤的祖先，嘗試著要從中踩出一條路來」的。

五、結語：讀著讀著彷彿也去了砂拉越

砂拉越華文作家的島內旅行寫作，展現了砂拉越的特殊風情，除了自然景觀的描述，

12 雨田〈汶加那之行〉，《闊別》，頁五四～五五。

13 田思〈山林夜行〉，《長屋裡的魔術師》（居鑾：曙光出版社，一九八二），頁五八。

更有深刻的人文體會，讓未到過砂州的人，從中可窺探一些訊息，讀著讀著彷彿也去了砂拉越。當然我只引述了其中一小部分，而且主要是引詩，想要更深入了解，可以閱讀的文學作品和相關報導書籍不少[14]，實地走訪最能有所體會。

本文所論，涉及山林生態保育和族群關係，原就是砂華文學的重大議題，已有一些學者和作家表示關切，值得繼續挖下去。[15]

——發表於「第五屆世界華文旅遊文學國際學術研討會」，香港：世界華文旅遊文學聯會，二〇一五年十一月三十日至十二月四日，原題〈砂華作家筆下的砂拉越江山——以詩為主〉。收入《文學山水——第五屆世界華文旅遊文學國際學術研討會論文集》（香港：中文大學聯合書院，二〇一七年一月）。

---

14 如吉隆坡大將書行在前社長傅承得的策畫下出版了「婆羅洲系列」，包括楊藝雄（即前面提到的詩人雨田）《獵釣婆羅洲》、沈慶旺《蛻變的山林》、藍波《尋找不達大》、《砂拉越雨林食譜》、田思《砂華文學的本土特質》。

15 本文為國科會專題研究計畫「拉讓盆地華文文學的開展」（NSC93-2411-H-008-011）研究成果之一。原成果報告中有〈走向世界：今昔旅遊寫作〉，該文一直未向外投稿，今重新審閱，抽出其中「國內旅遊」部分，擴大改寫成篇，但仍無力廣收近年新作，特說明如上。當年助理李佩樺、彭閔柔協助甚多，特此致謝。

砂拉越華文作家的國外旅行寫作

一、前言

作家移動身體到異域的聞見思感化為篇章，即旅行寫作。一般來說，旅行可以讓人放鬆心情，大自然的山水風光、異域的情調與不同的人文景色，都讓人一新耳目；文化旅行更可學習知識。從寫作的角度看，旅行是很好的創作題材，作者將親身的經歷運用文字栩栩如生地描繪出來，讓人身歷其境，更可以藉由遊歷，將自身經驗與環境感受結合，傳達給讀者，引發人們的同情共感。

身處砂拉越的華文作家，藉由旅行他國，觀看並感受異國風情；如果是到中國，必可發現原鄉迭經歲月的洗禮。他們常會因此反身看砂州華人，別有一番感觸。下文將討論砂拉越華文作家的國外旅行寫作，從中看他們的國際視野，也盼能發現旅行文學在砂拉越華文文學中的意義。

二、《寰遊瑣記》雙寫自然與人文

陳立訓的《寰遊瑣記》是在一九五四年秋天赴歐美各國所寫的旅行雜記，他順著參觀的路線記錄在各國的所見所聞，並且詳細介紹各國歷史背景，其中一篇〈印度第一良港——孟買〉提及當時印度孟買的華僑華文教育問題：

> 華僑小學一間，特往參觀……學生一百八十餘人，教員六人，學生多免費，不敷經費由僑胞捐助。校舍為一普通住屋，光線不足，空氣不佳。但在孟買二千餘生活清苦的僑胞中，建立一所學校，亦屬難能可貴。[1]

可見當時國外推動華文不是一件容易的事。文中提及各項數據，像人口、歷史年分、地理位置等，都十分詳盡，讀者可藉由作者的敘述來了解他國的發展情形。此外，陳立訓更將當時的詩巫學生與國外作比較：

歐洲職業不分上下，男女老幼皆能刻苦耐勞，尤以女性為甚。……日內瓦旅館內一工人為維也納之在學大學生，在朱力及英錫不祿克導遊者亦均為在學之大學生，利用假期時間工作，而謀生活。較之我們詩巫學生，念到初中即革履西裝，不可一世，非教員或商店職員不幹，實有天壤之別。[2]

可以感覺他帶有批判的意味，相信可以給詩巫的人民，特別是學生一些啟示。旅遊在外，見聞越來越廣，自然可以看出一些國家內部的問題，進而有所反思；又或者看到他國的亂象，記下來作為警惕：

在巴黎街道公開出售裸體圖片，而且懸掛在最醒目之處，此巴黎之稱為世界花都，當之無愧。

1 陳立訓〈印度第一良港——孟買〉，《寰遊瑣記》（詩巫：大同日報社，一九五六），頁一六～一七。陳立訓（一九一四～一九九二），祖籍福建古田，為砂拉越銀行家、華社領袖、寫作人。

2 陳立訓〈踏入奧境——英錫不祿克〉，《寰遊瑣記》，頁六二。

訪中國街……據云前因發現有人吸食鴉片，被法警搜查……我華人遠涉重洋，僑居他邦，不思振作，為國家爭面子，而伏居一陋巷之內，難怪為外人所輕視。[3]

當時的歐美各國比起亞洲開放許多，對於當地民風，作者會感到不可思議，或是難以理解，這也是因為文化背景差異甚大。而晚清以降讓中國國勢日漸萎頓的鴉片，在海外華人社會猶是禍害，令人心痛。

當然，自然景觀也有可觀之處，如以下這段描寫：

納加拉河介於美加兩國之間，滙依黎及都蓮士兩湖之水，至納加拉處，河突然低降如絕壁峭立，水勢一瀉，如萬馬奔騰……美利堅瀑布高一百六十尺，有千餘尺，流水奔放，落至河底，隆隆之聲不絕於耳，水花四噴，霧氣彌天，夜間則用電燈探照，映以各色燈光，變化無窮，尤為奇觀。[4]

拉讓盆地本有豐富的自然景觀，但遇見像尼加拉瀑布如此壯闊景色，也必然驚艷，感動是可以理解的。

三、《天南地北》話留學

砂拉越的學生出國求學，有人到異地一邊讀書，一邊工作，同時也寫下自己的見聞，或許是書信，或許是隨筆，表達在外生活的真實心情。恆生在《天南地北》序中說：「砂拉越地區赴澳移民與留學的眾多……〈澳洲航訊〉是一種溝通，講了很多故事，描寫了很多山川地理，也提醒了很多零星瑣事，多多少少負了一點文人的責任。」[5]從留學生的角度看澳洲當時的狀況，這樣的旅行方式不比單純的觀光愜意，但是更加貼近真實的生活。作者讓讀者明白旅居在外不為人知的一面：

> 留學生去餐館打工，似乎是天經地義的，尤其是中國留學生……那邊的太太要水，慢了點，這邊的小姐餐巾不夠乾淨，都會屢遭白眼，如果遇上七分醉意的老外，除

---

3 陳立訓〈巴黎〉，《寰遊瑣記》，頁九一～九二。

4 陳立訓〈世界大瀑布所在地——博壺廬〉，《寰遊瑣記》，頁一四九。

5 恆生〈自序〉，《天南地北》（詩巫：星馬印務有限公司，一九九〇），頁六。恆生（一九三一～），本名陳瑞麟，臺師大國文系畢業，在砂拉越從事教育工作四十年，除本書外，另著有《鐸聲小品》、《無畏無私》。

了破口大罵，有時還會飽以老拳。[6]

留學生的工作辛苦，在此讓人印象深刻。有詩為證：「餐館打工最尋常，鮮衣潔領學跑堂。低聲下氣覷顏色，只求小費滿餐盤。」「烏煙瘴氣滿廚房，頭手吆呼助手忙。炒得酸甜苦辣後，中華文化四海揚。」[7]但無論怎樣辛苦，在外求學的學生還是必須顧及課業，也意識身為華人的驕傲，並沒有因為生活的壓力而消退。離鄉背井在國外，也同樣重視華文的海外發展：

> 澳洲人口最多的新南威爾斯，最近宣布每一中學生必須選讀一種亞洲語文……華裔子弟能有機會在學校的正課中讀到華文，自是十分高興。……想以前，華裔子弟想讀華文必須周末補習，或者進入夜校……。[8]

從這裡可以看出當時的砂拉越十分重視華文的推展，即使學生在異鄉也十分關心。這樣的旅行文學，讓我們對各國華人現況有所了解。

華人最愛保持傳統，華人聚集的地方每年都會慶祝農曆新年，中秋節和清明掃墓等等。而其他的慶祝及紀念活動，大多由同鄉會及志願團體發起，譬如華埠的選美……。

……

與十多年前，悉尼華埠的老舊建設來比，今日的唐人街有高樓大廈出現，尤其近年來香港及東南亞華裔的投入，悉尼華埠面貌將有劇變……。[9]

恆生提及當地華人的活動情形，除了華文的推動，更有華社的聚會及多方建設。除此之外，《天南地北》一書中呈現許多留學生的心情以及在外生活的情形，這也是旅行文學的主題之一，透過在地的生活，貼近當地的風土民情，真實呈現了砂拉越華人的價值觀、

6 恆生〈餐館打工記〉，《天南地北》，頁五四～五五。

7 恆生〈餐館打工記〉，《天南地北》，頁五五。

8 恆生〈亞洲語文受重視〉，《天南地北》，頁六七～六八。

9 恆生〈悉尼的中國城（下）〉，《天南地北》，頁七七～七八。

在海外定居的華人活動以及當時各國的風貌及發展。

此書有一半篇幅是以書信方式詳述旅澳的感想與當時的情形，一來一往間將身在澳洲的留學生活，以及一九九〇年代澳洲的社會、華文教育問題，呈現給砂州的讀者。〈送牛奶記〉也講述了在海外求學的學生，必須打工賺取生活費：「我參加送牛奶的行列，一方面因為假期閒空，不怕晚間疲勞……最主要的還在體驗各種不同的生活。」「牛奶每天必須在晚上十二點出動……夜間凜冽的空氣，配合著凌晨的花香，一般上，送牛奶的工資會比較高些。」[10]在外求學，除了課業壓力，還有辛苦打工的一面。關於住宿的情形，記載在〈屋價暴漲，留學生住宿辛苦〉中：「以悉尼的情形來講，這兩年屋價起了兩三倍，水漲船高，房租也相應提高，海外學生想單獨住一間房，每周得澳幣百元。」[11]另有許多篇寫澳洲的教育、交通、治安等，提供了許多資訊給想赴澳洲留學的學生。

留學生在海外，也是一種旅遊，然而不是走馬看花，而是貼近當地人的生活。透過他們的眼睛看當時的國外環境，比較其他短期旅遊，有更深刻的了解。

四、藍波、梁放、桑木的國外旅行寫作

旅行國外常是為了欣賞各國風光，因此旅行寫作中，景物的描寫很可能即是重要內

容，詩人藍波遊歷了許多國家，寫下不少旅遊詩，像是〈雪梨狂戀〉：

我愛雪梨大橋
它情願負荷著
沒完沒了的重量
我愛歌劇院吧
但只可遠遠觀賞
當你靠攏她
也只不過是一片白屋瓦[12]

詩人率真地表現出自己熱愛異國的風光，說這愛是「解不了的謎」。他於一九九一年

10 恆生〈送牛奶記〉，《天南地北》，頁六〇～六一。
11 恆生〈屋價暴漲，留學生住宿辛苦〉，《天南地北》，頁六二。
12 藍波〈雪梨狂戀〉，《變蝶》（詩巫：詩巫中華文藝社，一九八五），頁九三。
藍波（一九四六～），本名沈若波，砂華詩人，除本書外，另著有《砂拉越雨林食譜》、《尋找不達大》。

旅遊至香港時，感受到城市的冷漠而寫〈香港小駐〉：「走在中環／鞋履急急／相印的臉一樣東方／卻冷漠」、「許多舊樓被強手買下／許多濱海變填地／許多水族絕種／這是個不停挖掘的城，為了美譽珠在東方」[13]，詩人看見當時的香港發展急速，失去了美麗的環境以及人心的溫暖，為此感到悲哀。高度文明的都市用冷漠來迎接異鄉客，在〈荒城之夜〉中他寫到：「霓虹燈／熱情的閃爍／是一條條光管的／冰冷」、「臉對臉／眼互視／都印照著一張張／凍結了的臉譜」[14]。在異地，獨自一人，詩人有倦了的感受：

在這荒城的夜裡
東京沉靜了
銀座繁華了
涉谷沉淪了
新宿色情了
異鄉人倦了[15]

回想起親切的家鄉，詩人有了鄉愁，他用荒城來比擬東京這個繁華的大都市，頗具反諷的意味。藍波另一首寫於一九八九年的詩〈柏里斯本的賣唱者〉：

一闋吉普塞人流浪歌謠
譜的可是他們生活的寫照
頓時將我思鄉的心
滲透了酸味
隨琴音飄回赤道上[16]

當身在異鄉感受到冷漠，自然思念故鄉的溫暖，詩人於是有流淚的衝動，思鄉的心才會滲透了酸味。

梁放前往非洲摩洛哥所見的景象如下：

---

13 藍波〈香港小駐〉，《變蝶》，頁一一八～一一九。

14 藍波〈荒城之夜〉，《變蝶》，頁一〇二～一〇三。

15 藍波〈荒城之夜〉，《變蝶》，頁一〇二～一〇三。

16 藍波〈柏里斯本的賣唱者〉，《變蝶》，頁九四。

車在蒼茫的暮色中行駛，窗外盡是一些長得不十分健全的樹木，似荷著多少的重擔……最常見的仍是簡陋的孤店，說不出的一股蒼涼。……繼之，雖見天空裡掛著一輪明月，但卻只是朦朦發亮。月光下，乾涸涸、似久未逢甘霖的景象直迫人心口。那是霧靄還是漫天彌留的塵埃，四處一片模糊。[17]

作者感受到的是非洲荒蕪的、無生氣的大地；那種開闊的景色直接投射到他的內心深處，令他湧起久遠以前非洲歷史興替，產生了強大的對比。蒼茫的空間感讓他的內心也感受到乾涸。

其實在國外旅遊，不只觀賞異國的風貌，同時也將拉讓盆地介紹出去，桑木在〈石魚手記〉中提及那種認同感：「在國外，當人們提及你的國家，你的國情，那是一種十分敏感的微妙感覺，至少也可以令人感到一種生在馬來西亞的榮譽。」[18]他記敘自己一九九六年旅澳時看見家鄉的天堂鳥，因此引起鄉愁：「天堂之路／是每朵天堂鳥的訴說／偶爾被採／包以人間一道符／運送花市途中／多想在繩困／奮然而去／一陣風／了斷心願」[19]，其實是詩人的鄉愁化做天堂鳥，想要飛回馬來西亞。

對於家鄉的認同與驕傲，也會希望介紹家鄉給世界各地的人知道，這是身為犀鳥鄉子民的期望，一如黑岩小說〈瞿塘峽〉中的敘述：

「來自砂羅越……。」提起家鄉在國外，于寧心中有點親切得意的感受。「砂羅越？沒聽說過……。」聽之卻令于寧有點洩氣。「它位於赤道婆羅洲，與印尼西加里曼丹，汶萊相接，它也有美麗的山川……。」「是否與長江一樣雄偉，美麗壯觀？……」「不，它與長江截然不同，我們那裡有聞名於世的亞尼石洞，砂羅越博物院及青翠山林，熱帶雨林，有犀鳥鄉之稱的人間樂土……。」[20]

17 梁放〈北非掠影〉，《讀書天》（古晉：砂拉越華文作家協會，一九九三），頁一七九。梁放（一九五三～），本名梁光明，砂拉越人，學土木工程、土壤力學，砂華著名作家，著有小說集《煙雨砂隆》、《瑪拉阿妲》，散文集《暖灰》、《遠山夢迴》等。

18 桑木〈石魚手記〉，《一次橫渡的聯想》（詩巫：詩巫中華文藝社，二〇〇二），頁四。桑木（一九四〇～），本名宋志明，砂拉越人，以黑岩寫小說，有《荒山夜冷》、《星子落在西加里曼丹》、《毒雨的傳說》；以桑木寫散文；另有筆名于寧、曳揚。

19 桑木〈試寫天堂鳥〉，《一次橫渡的聯想》，頁一一四～一一五。

20 黑岩〈瞿塘峽〉，《荒山冷月》（詩巫：詩巫中華文藝社，一九九四），頁一七五～一七六。

五、旅行中國看風景

砂拉越的華人，有出生於中國，但自小移民大馬；也有的是出身在砂州，從未到訪中國。無論如何，對於同是炎黃子孫的他們，中國充滿了遙遠記憶，神秘而令人嚮往，於是許多人實地前往朝聖，一探自己血緣的故鄉。

許慶軒在《走馬看花話中國》的〈前言〉中說道：「一個從未到過中國的華裔後代，由於不時從奶奶口中講述一些有關上一代人在中國的生活情景，自然對中國產生一種神秘感。」[21]於是古老的中國，這些海外華人就非得親自走一趟不可，感受那個離他們遙遠又覺親近的土地。他在中國桂林旅遊看見美麗的風光時，被眼前的景象吸引，就幾乎不敢相信自己的眼睛：

> 我跳起床來，看看窗口，嚇了一跳，一幅畫映現在眼前，那是一幅很大的畫，實際上那不是畫而是桂林美麗的山景。原來賓館的前面是湖，後面是山，構成一片靠山面水的形勢，青山綠水，幾乎不敢相信自己的眼睛。桂林的確名不虛傳……。[22]

恆生提及自己遊歷中國的心態：「旅遊中國，如果沒有去過北京的皇宮，沒有爬過萬里長城，沒有看過桂林的山水，沒有遊過『上有天堂，下有蘇杭』的蘇州杭州，將被視為遺憾。」[23]畢竟，百聞不如一見，行萬里路勝讀萬卷書。縱然讀過再多的古籍史書，也不及親身走一次。

《天南地北》中另一半篇幅，是遊歷中國各地的紀錄，恆生說：「勝利返鄉的時候，真有杜甫那種『但從巴峽穿巫峽，便下襄陽向洛陽』的氣概。」由於他出生在湖南衡陽，後來遷居南洋，對於中國有說不出的情感，回鄉探親自然十分開心。他看見日漸富足的中國，十分欣慰：「今日的中國食物豐足，農民都努力生產，問題只是在調配的制度，比以前的捉襟見肘，乃至於一窮二白，就好得多了。」[24]

他也描述了杭州山水的風光：

---

21 許慶軒〈前言〉，《走馬看花話中國》（詩巫：詩巫拉讓書局，一九九〇），頁五。許慶軒，砂拉越人，新加坡南洋大學畢業，從政，為州議員。

22 許慶軒〈短暫的桂林〉，《走馬看花話中國》，頁四八。

23 恆生〈瑤琳仙境〉，《天南地北》，頁二六。

24 恆生〈吃的文化──兼談中國的文化〉，《天南地北》，頁二五。

一會兒「銀河飛瀑」，石瀑如河水奔騰而下，當你感覺到它如萬馬奔騰，卻突然凝固在那裡，寂靜美麗得很。「石帳垂臺」，成片的灰石凝成巨幕，好像舞臺上的帷幕，即將開幕表演似的，真以為仙女們都在幕裡。……在這一日之中，好像經歷了幾劫幾世似的，這種強烈的感覺，將永遠不會忘懷。[25]

旅遊中國各地，恆生總是一一介紹當地風光，也交代了歷史背景；他寫嶽麓書院的歷史滄桑，除了因當時的文風鼎盛，更有許多文人曾經就讀於此。[26]登高憑弔，多少英雄豪情在此興替，縱然風景艷麗，但歷史的痕跡依舊在心中澎湃不已。古典詩人更是，平日所讀書籍所記載的史事、人物等，而今一一呈現眼前，情動於中發而作詩：

三湘福地有名山，嶽麓英名萬古揚。書院千年傳道日，百家諸子競逞強。[27]

夏日西湖彩色紛，栖霞嶺上岳王墳。青山有幸埋忠骨，碧水多情慰建勳。[28]

不只是古老的歷史，近現代的也一樣情隨物遷，蔡存榮遊歷北京，搭車穿過古老的民房區，也同樣感受到那深深的中國風味：

「茶館」的布置帶著濃厚清末民初的情調，一踏進館內，會使人產生一種幻覺，彷彿茶客們都變成長著花白鬍子，手托著鳥籠的老北京，圍著一壺熱騰騰的好茶，嗑著瓜仔，悠閒的聊著天。那邊廂，茶博士正伊伊呀呀的拉著二胡，幾個京劇迷正搖頭晃腦的哼著「四郎探母」。[29]

25 恆生〈瑤琳仙境〉，《天南地北》，頁二一七～二一八。

26 恆生〈文風鼎盛的長沙〉，《天南地北》，頁四七～四八。

27 恆生〈嶽麓書院〉，黃政仁主編《春草集》（詩巫：詩巫中華文藝社，一九八八），頁八四。黃政仁（一九四八～），喜愛古典詩，曾與友人共創詩巫中華文藝社，推動古典詩創作，除本集外，另編有《洗耳集》等。

28 恆生〈遊岳飛墓其二〉，黃政仁主編《春草集》，頁八五。

29 蔡存榮〈胡同，茶館，四合院——昔日的北京風情〉，《故鄉的路》（詩巫：詩巫漳泉公會，一九九七），頁一五七。蔡存榮（一九四一～），砂拉越人，新加坡南洋大學畢業，曾任報館編輯。

好像老舍筆下的人物正活生生的重現在眼前，旅者在遊歷的同時，也看見了書本裡的描述，將自身經驗與文字文本相互證成。

東馬地區主要是熱帶雨林，在此生活的華人，可以從書中接觸中國的地理環境，但畢竟親眼目睹中國的山水後，才能有深刻的感受與體會。旅遊時的感動化做文字，自然是豐富而讓人印象深刻，對於景色，有可能是單純感動，也可能聯結了歷史和人事的滄桑，和作者身在砂拉越都有一定程度的關係。

六、尋根探源

除了感受中國的歷史、古蹟名勝還有景色，砂拉越的華裔們還有尋根的想法，例如許慶軒回到詩巫閩清人的發源地去探訪，看到實際的情形與家人講述有差別，雖名為尋根，但是作者並沒有表現出熱切的期盼，只是客觀地敘述當時（一九九〇）農村開發的情形：

> 年幼時，聽過人家講述有關唐山住宅的情形，眼前所看到的房子與當時人家講述的情況有許多差別……村裡房屋集結的生活方式與我們的長屋生活形式有點類似。村子裡不但有熱水的設備，還有現代化的抽水馬桶。[30]

這樣客觀的尋根方式似乎是因為生長環境的不同，以至於作者著眼於故鄉與生長地的環境比較方面。但是仍有創作者是懷著濃厚鄉愁而歸的，像是藍波在〈我終於踏上血緣的土地〉中表達他對於中國這故土的期待與思念：

我踩踏
層層土壤埋著五千年的歲月
走過　歷史中
六朝金粉　英雄昏君
騷人墨客　紅色恐懼
都　沉寂了

祖父年代

30　許慶軒〈尋根〉，《走馬看花話中國》，頁八九～九〇。

走過動蕩走過流離烽火
帶著楚楚心頭苦難
走向一場鞭策生涯
南蠻的歲月
心是一片海棠　掛著
奈何
望鄉的眼眸
重重難渡一座南海[31]

詩人的心是海棠，也就是中國這塊土地，即使身在南洋，也是殷殷盼望回去的一天，祖父曾經停留過的地方格外令人懷念。從中我們可以感受到身在砂州的華人內心對於祖國的懷念，或許不只是比較兩個故鄉的不同，而是單純的意識到自己身為中國人的血緣情感，那絕對是書本無法滿足，必須身體力行的。這些探訪中國的旅遊寫作，也成為砂拉越華文創作的重要一環。

藍波在重回故鄉時感受到現實環境的沒落與改變，並非長輩所描述的風貌：

上一代的棄鄉　是無奈
我懷著無限嚮往
代表的鄉愁　歸來
母親
龍鄉竟迎我
以無奈充塞
昨夜
颱風蹂躪汕頭
我無論如何
也想像不出
潮州潮安縣華美鄉
是如何光景一幅

祖家四合院

31 藍波〈我終於踏上血緣的土地〉，《變蝶》，頁一五三。

母親已簽讓[32]

詩人回鄉沒有預期的感到喜悅，而是錯愕，再也無法想像曾經有過的繁榮過去，有的只是即將簽讓的四合院，這樣的鄉愁似乎是無法解開了……。

七、當來到臺北這個城市

近年來的拉讓盆地華文旅遊寫作，已經從早年的報導文學方式，轉變成小品，內容也不再以記敘歷史為主，而是以創作者的心情為主軸。

沈慶旺曾到臺北，將自己的心情寄託在文字裡：「午夜過後，臺北補習街人頭仍在攏動，肌體交錯，我和一群失眠的人連成一種時空的聯盟；在寒冷臺北的夜晚彼此抵達企圖遺忘世界的時空。我們始終不能保持孤獨的沉默。」[33]擺脫掉以旅遊景點為主軸的方式，創作者呈現的是自己與城市互動、碰撞的經驗，讓人耳目一新。

或許創作者對於旅遊的想法改變了，使得表現出來的內容也跟以往大不相同，這也是順應時代變化自然轉變的：

比起回憶的執著，視覺殘留的魔力更直覺更有意識；感覺上尤其親切熟悉，好像早就在視覺背後預留了烙印。殘留的魔力像城市肌膚上古早存留的紋身一樣，在每一座城市裡揮之不去。一個瞬間就是一個刺青。在我的眼裡這絕對不是畫，而是生活的塊狀實體；視覺的體驗更甚於觸覺體驗。城市是個一成不變的舞臺。歇息的人怒吼的人忙碌的人傷心的人頹喪的人得意的人迷濛的人……分不清誰比誰更脆弱誰比誰更堅強；我們所看到的都是缺失本體形象的隱喻，而我突然發覺自己站在所有場景中，像一個衝動的敗筆。[34]

沈慶旺在城市裡也感受到疏離和寂寞：「我把身子癱直的時候除了意識的思考，基本

32 藍波〈我終於踏上血緣的土地〉，《變蝶》，頁一五四。
33 沈慶旺〈寒冷臺北〉，《沈慶旺散文集》，見《犀鳥天地》，網址：http://www.hornbill.cdc.net.my/hbnews.htm，瀏覽日期：二〇〇四年八月一日。沈慶旺（一九五七～二〇二二），出生於砂拉越，現代詩人，著有詩集《哭鄉的圖騰》；另有散文集《蛻變的山林》、《臺北的雨，古晉的蟻》。
34 沈慶旺〈視覺殘留〉，《沈慶旺散文集》，見《犀鳥天地》，網址：http://www.hornbill.cdc.net.my/hbnews.htm，瀏覽日期：二〇〇四年八月一日。

上心態是麻木的。我聽見的、看見的外頭的車水馬龍和人潮喧鬧和我的內心寂寞無異。在這樣的靜寂裡我感覺有一種安全。寂寞使城市的空間越縮越小，而我在一個極小的點上活著。不言不語那麼塑像的活著。在城市裡活著，咖啡和寂默已成為一種習慣。」他也側寫出臺北人的生活模式，就是咖啡和寂寞。[35]

八、結語

拉讓盆地的華人以華文記遊，至今有幾十年的歷史，從累積的遊記中，我們看到他們國外旅行寫作的情況，從異國風情、留學生活、歷史感懷、尋根到鄉愁抒發等，不論詩文，都以旅行者的凝視與感受為依歸，有好表現。

或許是現今影像媒體活躍、交通快捷，人們可以隨心所欲的飛往各地，使我們很容易就可以看見遠方的情形，寫景似乎不再那麼重要。反倒是人與人之間的交流日益複雜，將書寫重心放在人的身上，側重人受到空間影響，對景物產生的感受。大抵來說，國外旅行寫作不但讓砂拉越華人與各地交流，同時也將砂拉越的自然與人文風貌推向國際。[36]

——發表於「華文文學與中華文化國際學術研討會」，南京：南京大學臺港暨海外華文文學研究中心，二〇一六年八月二十六日至二十七日。原題〈飄回赤道上——砂華作家的國外旅行寫作〉。

---

35 沈慶旺〈無聊的咖啡下午〉，《沈慶旺散文集》，見《犀鳥天地》，網址：http://www.hornbill.cdc.net.my/hbnews.htm，瀏覽日期：二〇〇四年八月二十日。

36 本文為國科會專題研究計畫「拉讓盆地華文文學的開展」（NSC93-2411-H-008-011）研究成果之一。原成果報告中有〈走向世界：今昔旅遊寫作〉，該文一直未向外投稿，後重新審閱，將其中「島內旅行」部分，擴大改寫成〈砂華作家筆下的砂拉越江山——以詩為主〉，發表於二〇一五年在香港舉辦之「第五屆世界華文旅遊文學國際學術研討會」；今復將其中「國外旅行」部分，改寫成本文。本計畫助理李佩樺、彭閔柔在資料收集與初稿整理上曾付出過心力，特此致謝。

詩巫當代華文新詩：以草葉七輯為主要考察對象

一、

由於特定的地理及華人移民墾拓的歷史條件，詩巫（Sibu）在二十世紀初已經發展成為拉讓江流域的商業中心[1]；而今日之詩巫，這個屬於砂拉州中部拉讓江畔的省分，其省會詩巫市，除了經濟繁榮，在文化方面也很活躍。[2]

根據一九九七年非正式統計，詩巫人口在二十萬之譜，約為古晉一半，而市區人口即占七、八成。[3]這個被稱為「小福州」或「新福州」的城市，根據《詩巫華人社團大觀》（砂拉越詩巫省華人社團聯合會，一九九五）的紀錄，詩巫總計有七十幾個華團，文化性質的活動頻繁，不在其中的詩潮吟社、詩巫中華文藝社、砂拉越華族文化協會文學組則是文學發展的主要推手，共同營造詩巫成為一個文學氣息濃厚的城市。

詩在詩巫究竟是一個什麼樣的景觀？回溯過去的史實，在抗日戰爭時期，詩巫報刊上即有抗戰詩歌，把劍悲歌，有激越之氣，和祖國抗戰詩歌步調一致，根據田農《砂華文學史初稿》（砂拉越華族文化協會，一九九五）及曳陽〈關於六〇年代拉讓盆地文學活動〉（《馬來西亞日報》，一九九四年十月二十一日）的記載，從戰後到六〇年代末，在動盪的史脈中，詩巫以詩聞名的作家，至少就有砂耶、雨田、砂玲、于寧等人；而七〇年代初在詩巫誕生的《文藝風》（克風主編），更以「詩刊」專欄發表許多詩作，克風本人在當時即出版有詩集。[4]

這樣一條脈流，雖不能說浩大，但淙淙詩聲不絕於耳。八〇年代後期，詩巫中華文藝社不廢舊體，亦愛新詩，迄今為止，出版有兩本舊體詩選，四本新詩集，[5]而其以「草葉

1 房漢佳《砂拉越拉讓江流域發展史》（詩巫：馬來西亞詩巫民眾會堂民族文化遺產委員會，一九九六），頁一一七。

2 房漢佳《砂拉越拉讓江流域發展史》，頁二六二。

3 砂拉越詩巫省華人社團聯合會在一九九七年曾出版《詩巫道路指南》，介紹詩巫市部分有〈砂拉越州各縣區人口統計表〉，其中有一九九七年的非正式統計。另亦參考房漢佳《砂拉越拉讓江流域發展史》，頁二六二。

4 《文藝風》第五期有「敬告讀者」：「克風詩集《笑的早晨》，共收入詩歌卅首……本書已經出版。」惜乎未見。

5 兩本舊體詩選是《春草集》（一九八八）、《心靈風雨》（一九九五），四本新詩集是藍波詩集《蝶

此頁有待確認資訊

集」為總名的常年文學獎作品合輯（七輯）以新詩最為豐收，則詩巫不愧其以「詩」為名了。

本文打算從詩巫中華文藝社七輯《草葉集》為主要考察對象，來看詩巫當代華文新詩風貌，並窺其內質。

二、

詩巫中華文藝社成立於一九八七年十月（次年六月註冊獲准），得本地兩家報社（《馬來西亞日報》、《詩華日報》）之助，先後於報上闢有「中華吟草」、「文苑」、「新月」三個版面（現只剩「文苑」）作為社員的發表園地，並公開向外徵稿。從一九八九年開始，該社設「常年文學獎」，從所屬版面所發表的作品去挑選，再聘請專家評審，[6]入選作品結集成冊，以「草葉」命名，到一九九七年已出版七輯，列入「拉讓盆地叢書」，分別是：

1. 草葉集（一九八九）：分新詩、散文、舊體詩三卷，前二者皆十五篇，後者十首入選，有前三名及推薦獎。集前有田思序及〈編者的話〉（黃國寶）。
2. 草葉集‧第二輯（一九九一）：分新詩、散文、小說，新詩收二十首，散文十六篇，小說四篇（入選而未收錄者六篇），不標名次，唯前四篇文後有評審評語。集後有〈編後話〉（黃國寶）。

3. 花雨——《草葉集》第三輯（一九九三）：分輯同前，新詩有十八首，散文四篇（九篇未收錄），小說六篇（四篇未收錄），不標名次，亦無評語。前有田思〈序〉，後有〈編後話〉（黃國寶）。

4. 水雲——《草葉集》第四輯（一九九四）：有詩十七首，散文七篇，小說七篇。沒有未

變》（一九九二），晨露、萬川、雁程合著《拉讓江．夢一般輕盈》（一九九三），李笙詩集《人類遊戲模擬》（一九九三），萬川詩集《魚在言外》（一九九七）。

6 各屆評審名單如下：

第一屆：黃生光、田農（以上散文）；田思、徐策（以上新詩）

第二屆：黃少白、雷光中（以上詩巫）；田思、融融（以上古晉）；槐華（新加坡）

第三屆：田思、梁放、陳蝶（以上古晉）；槐華（新加坡）

第四屆：田思、梁放、陳蝶、黃澤榮（以上古晉）；孫春富、房年勝、蔡增聰（以上詩巫）；槐華（新加坡）

第五屆：田思、陳蝶、林國水（以上古晉）；蔡增聰（詩巫）；槐華（新加坡）

第六屆：田思、陳蝶、林國水（以上古晉）；李笙（美里）；黃國寶、蔡增聰（以上詩巫）

第七屆：田思、林武聰、林離（以上古晉）；李笙（美里）；黃國寶、蔡增聰（以上詩巫）

收錄情況，〈編後話〉由黃國寶執筆。

5. 愁月——《草葉集》第五輯（一九九五）：有詩十七首，散文十一篇，小說六篇。藍波主編，執筆寫〈編後話〉。

6. 磐石——《草葉集》第六輯（一九九六）：有詩十六首，散文十篇，小說五篇。藍波主編，有〈編後話〉。

7. 綠苔——《草葉集》第七輯（一九九七）：有詩十六首，散文九篇，小說五篇。藍波主編，有〈編後話〉。

古晉詩人田思說第一輯《草葉集》的詩歌之成績「令人欣喜」，散文總的成績不如詩歌突出（〈序〉）；說第三輯「詩歌作品雖不見突出，但保留了前兩屆的水準。入選的許多詩篇，風格各異，體現了砂州詩壇在手法上力求探索，各闢蹊徑的精神」（〈序〉）；編者黃國寶說：「這陣子，新詩由繁入簡，再三捧讀仍莫名其妙的作品已不多見，散文還留連在緬懷故人舊事，不捨離去，小說卻上窮碧落下黃泉，努力地在探索。」（〈《水雲》編後話〉）這大體是可以相信的。以下先做一些統計。

七屆總計收四十四位詩人的一一三首詩（一個名字視為一人），入選的次數及篇數分別如下：

次數	人數
七	三
六	〇
五	二
四	三
三	六
二	六
一	二十四

篇數	人數
十三	一
九	一
七	三
六	二
五	〇
四	一
三	六
二	六
一	二十四

七屆都入選的三位是藍波（十三首）、雁程（七首）、萬川（七首）；有二人在五屆中入選，李笙（九首）和田風（六首）；入選四屆的有三人，包括晨露（七首）、風子（六首）、桑木（四首）；三屆入選的六人是維善、志向、魚子、林陽、虛然景、詩安，都是一屆一首；入選兩屆的也有六人，包括夢揚、逸蝶、楊粟、林離、李海豐、劉寄奴，也是一屆一首；入選一屆的計有二十四人。

詩寫得很好，卻寫得少，或是沒有在中華文藝社的媒體上發表，或是作品比較不被評審者喜愛等因素，都有可能影響入選。從另外一個角度來看，文藝社同仁當然發表得比較多，也容易入選。不過，不管如何，前面的統計應該已經浮現出在詩巫活動的重要新詩人，以入選四屆（含）以上的藍波、雁程、萬川、李笙，都已出版有個人詩集，[7] 晨露出有散文集，與萬川、雁程三人有一本新詩合集，[8] 桑木以黑岩筆名出版過小說集。[9]

當然我們知道，有作品入選的這四十四位詩人，不一定都是詩巫人，像現住詩巫的藍波（一九四六～）生於沐膠，萬川（一九六五～）是民丹莪人，李笙（一九六九～）是美里人，而晨露（一九五四～）雖出生於詩巫，一九九六年已移居美里，林離（一九五七～）則從詩巫去了古晉。不過，都還在砂拉越境內。

三、

總的看草葉七輯這百多首詩，無異一部斷代詩選，除浮現一些當地的重要詩人，既可觀詩風，又可看風土民情，從遠距觀察，可以說頗為可觀。

大體來說，一般華文詩寫作的素材，也都會出現，不管山水物色，或是人文諸貌，詩人無不發言為詩，以節令來說，清明、端午、七夕、中秋皆有詩；以地理來說，神山、山都望、峇南河、拉讓江、砂拉越河、蘆仙渡、尼亞石洞等，都被敘寫；言動物則有魚、有蚊、有蟬、有鷹，說植物則有牽牛花、芭蕉、仙人掌、樹等，皆以「物」始而以「情」終，不脫寫物詠志的寫作模式。

論其形式，則全都是分行自由體，不見散文詩或詩劇；以長度言，十行以內的小詩極少，但有近兩百行的敘事長詩，不過主要還是集中在二、三十行到五、六十行之間。

這裡面有比較傳統的寫法，也有一些非常現代；有委婉抒情，也有一些批判性強。從藝術性到思想性，其實和當代世界華文詩潮同步發展，但是作為詩巫（甚至是砂拉越）的華文詩，其內涵自有異於以吉隆坡為中心的半島，和港臺大陸及其他地方的華文詩更有所不同，我認為以詩巫為活動中心的現役詩人群，共同開創了一個寬闊的詩世界，有深刻的內涵及自我的風貌。

首先值得注意的是，作為移民的後代，詩巫詩人如何面對父祖從唐山南來的史事？我們發現，這樣的題材寫成的詩並不多見，但名翔的〈漂〉（第五輯），和田風的〈鄉間的泥土〉（第四輯），已足夠表達那樣的悲情及其轉化。

〈漂〉是孫子向阿爺的呼喚，「你說舟是無極無底的愁」、「你說一則掏水史實」、

7 藍波、李笙、萬川詩集已見註五，雁程有詩集《向日葵的囈語》（古晉：砂拉越華文作家協會，一九九六）。

8 晨露散文集《荒野裡的璀璨》（美里：美里筆會，一九九八），合著詩集見註五。

9 黑岩小說集《荒山月冷》（詩巫：詩巫中華文藝社，一九九四）。

「你說所有的過程／只屬於一種寧靜的生命」、「你說生命只有淒淒的動蕩」，從離鄉、越海航行、墾拓到眼眸合上、心窗閉上，孫子傳唱著阿爺移民的哀歌。

比較起來，田風雖不再回望過去，但在正視現實的當下和過去做了強烈的對比：金色禾浪逝去，打穀聲不再迴盪，黑暗權勢在鄉土上擴展，「我不再是拓荒者的子孫」，只能在草墩下「親吻父老的遺風」，以筆代犁去耕耘，喚醒土地上的每一顆種子，終至「活了，是一行行黃金鑄成的詩疇」。

當異鄉已成故園，懷鄉變成文化的孺慕，土地之愛便擴大成為一種族群的凝聚與社會、政治的參與，這是南洋華人共同的命運，也就成了東南亞華文詩歌的普遍性主題。從這個原點出發雙線發展，前者漸漸成為一種旅行寫作，一種閱讀感受，或者成為尋常生活的一部分，是相對於他族的一種我族（華族）文化，在這裡我們特別注意到藍波寫南方四季煦夏的島域之「塔」和「遙遠故國」的內在連續（《草葉集．塔》）；也注意到雁程引〈離騷〉之「長太息以掩涕兮，哀民生之多艱」寫〈痛〉（第三輯），風子引〈國殤〉之「身既死兮神似靈，子魂魄兮為鬼雄」寫〈自悼之輓歌〉（第四輯），以及晨露的〈端午吟〉（第三輯），從汨羅江到拉讓江，屈原與楚王、知識分子與國族、粽子與食欲、龍舟與嬉戲、楚辭和拉讓江畔獨自行吟的現代詩人，是怎麼樣的一種千絲萬縷之關係，雁程以「痛」狀擊鼓之聲，一聲聲痛便成了那內在的聯繫了：

他把每條江痛成汨羅
他把每口心痛成泉源
痛成一種力量超然　痛成一種性格獨特
痛成一種可藉水復活的啟示
痛成一種不滅的光芒

復活始能不滅，這是一種薪傳，但是詩人對於象徵屈原精神的現代式端午文化是有一些意見的：

江面祭龍的競渡喧嘩
竟已幻化成犀鳥舟鳶鳶的昇平景象
裊繞的粽香不絕裊繞
竟是可大大方方端出
於午時

供與各民族痛痛快快分享的高尚情操

我們當然知道，詩人並非反對這些習俗，而是要人們掌握真正的精神：端正、團結、堅固以及真愛。

四、

至於土地之愛的擴大轉化則比較複雜。二十世紀初南來的艱辛已遠，從砂拉越國時期（一八四一～一九四六）、日本統治（一九四一～一九四五）、英國殖民時期（一九四六～一九六三）到馬來西亞計畫提出（一九六一）所引發的十年動亂（一九六三～一九七三），乃至斯里阿曼和談成功（一九七三），華族和其他各族人民在砂拉越走過艱辛的歲月。[10]從七〇年代開始，砂拉越可以說突飛猛進，以詩巫為基點的開發，使得拉讓江流域迅速發展，但過度的開發造成自然生態的破壞，八〇年代後期以降的十年間，詩巫詩人的自然寫作集中地表達了他們的關懷，鋪陳了一片受傷的土地。

歷史如何反省？政治家和歷史學者通過他們的實踐和論述提供了許多的角度和方法，而文學作家則常以詠史詩、歷史小說和報導散文的方式去處理歷史素材，《草葉集》中回溯過去史實之作不多，桑木〈曾有這樣一季風雨〉（第五輯）直指「犀鳥鄉的昔日」：

那年
雨絲載著年少不知愁
妄想一煽火紅山林
豈知
夢也無法實現
曲折人生欲帶來了
歷史，搞風搞雨

桑木在六〇年代是熱血青年，參與了當時的反帝反殖社會運動，這詩是自我追憶，面對的是那一段「歷史」。李笙寫於一九九三年的〈歷史〉（第五輯）卻是讀史，整整三十年前的事，一九六三年是砂拉越加入馬來西亞聯邦的那一年（九月十六日），也是砂

10 參考鄧倫奇等著《回望人聯三十年》（古晉：砂勝越人民聯合黨，一九八九）、黃建淳《砂拉越華人史研究》（臺北：東大圖書公司，一九九九）及房漢佳前書。

州十年動亂（反大馬武裝抗爭）的起點，詩人是後生晚輩，事件發生時根本還沒有出生，但是「沉甸甸的史籍」告訴他：「大不列顛國旗如殘陽墜落時／激昂呼聲畫破日月衝飛激雨」，當「歷史自文字中還魂歸來」，我們彷彿看見：

砂羅越走在濕滑的十字路口
英殖反帝，多元政黨風起雲湧
反帝反殖左傾，草木顫慄
山河痙攣，布滿彈孔的屍身，疑惑的眼神
共產黨虎視眈眈……
似明未明的地圖上
等待為一個國家的誕生命名

全詩近百行，前二段的首句，一是「夜讀歷史」，一是「夜讀現實」，歷史與現實的相對，是這首詩的基本結構。過去為什麼會那樣？這一路是怎麼走到現在的？而「我」今天又有什麼樣的想法？對於年輕的詩人來說，「歷史只不過是一堆已死的殘骸／虛構的故事、意識與幻覺」，那是「多麼遙遠而虛無的幻覺啊……」，他批判「政客」，反省「史學家」，義正辭嚴地為「大街小巷所有的小小的我」指明他們的心願：「只希望擁有一個小小的夢想／擁有一片晴朗的天空／一則蘋果般的愛情童話」，簡單地說，他們只是希望「感覺生活美滿毫無缺陷」。

詩人當然不喜歡政客，春明的〈政客〉（第七輯）一詩充滿諷諭；雁程的〈擦機而過〉（第五輯）也不是如副題所示「敬祝一位政治人物」，其實也暗諷政治人物的特權；林離的〈另一種死亡〉（第六輯）也批得很露骨，「氣候多變的政治魔鏡裡／對與錯照不出界線／當美麗的口號越喊越堂皇時／所有的尊嚴皆可丟棄」，「人性」已經「死亡」，那還有什麼好說的。

愛深責切，就像面對自然之變——雨之酸、森林與江河之死，詩人究竟有何感觸？如何用詩來表現？草葉七輯中，第二輯有李笙〈黑河〉、晨露〈哀歌〉、藍波〈黑死河〉、萬川〈所以河死〉；第四輯有田風〈森林之死〉、藍波〈祂在浮轎上瀏覽一鎮的歡騰〉；第五輯有田風〈那場雨是酸的〉；第六輯有林離〈水之劫〉、萬川〈魚〉、田風〈河死〉、雁程〈水如此說〉；第七輯有藍波〈釣一江泥流〉、莫榮發〈我從拉讓江畔的雨中走來〉。從詩類上來說，凡此皆屬自然寫作的範疇，從人與自然的關係出發，對於自然生態遭受人為破壞的現象，表示痛心，有所批判。稽之現實，最大的問題是肆無忌憚地砍伐森林樹木，導致整條拉讓江水污濁不堪，森林之死、河死皆直指環境變貌，藍波的〈黑死河〉寫的就是林漫岸河及其母江拉讓江，他以女體喻河，從原生的「潔白豐滿」到被強暴、被占有，終至「漸漸窒息」、「開始死亡」，具體彰顯江河黑死的過程。藍波在一首〈泣訴〉詩中把雨林、大地、河川的子民的過去與現在做了對比，「河已流成一條泥漿」堪稱形象貼切，正似他在另一首詩〈釣一江泥流〉中所敘，「河無聲在哭泣」、「一江混濁不歸路」，在泥流中，「魚蝦已窒息」。是的，當河已宣告死亡，「游魚翻白要絕跡／水蝦生存更無望」（田風〈河死〉），就像萬川筆下的「魚」：

關於河流污染
我並沒抗議什麼
這偉大的課題
只有偉大的人類始能解決的

浮出水面
不斷的張闔張闔張闔著無舌的嘴
我，不是示威
是透氣

第一人稱「我」是魚，因河流污染而致使魚浮出水面，「無舌的嘴」之不斷張闔，最終是要「透氣」，其實這時離死亡已近，等到浮屍河上，能瞑目嗎？

五、

我們在重洋之外傾聽拉讓江畔的「雨聲／自上游一路怒吼而來」（莫榮發〈我從拉讓江畔的雨中走來〉），真的可以感覺得到詩巫草葉詩人群濃厚的鄉土之愛，屬於詩巫，也合當是砂拉越的資產。從遠距看來，這些詩敘寫了砂拉越，長屋和石洞的景況特具地域性，風子有〈長屋的哀傷〉（第六輯），藍波有〈尼亞石洞探足〉（第五輯），前者因一種特殊的人文現象而起，後首是面對自然的感觸。長屋的哀傷涉及當地原住民族的困境，「這個世界／一股欲望膨脹在無奈中／逐漸侵蝕自然／我們無法呼吸純樸／未來將否定過去」，此外也無可避免要觸及河之渾濁，彷彿那正是風之所以「乾癟」、塵土之所以「飢餓」的根源。而當詩人走向尼亞石洞，似乎也在翻閱歷史，「樹」如何變成「橋」，「溝」如何成「溪」成「河」，而更重要的是，原是生機盎然的鐘乳與燕，已「死」已「絕」，「殘缺」、「落寞」、「空蕩」的感覺，就只能寄托在那偶然撿拾起的「一角殘破瓷片」了。

自然與人文經常這樣的交融，前引藍波的〈泣訴〉是在參觀環保展覽時看到一老者為訪客吟唱所觸發，荒巒叢林、寬廣大地以及河溪的扭曲變形，造成了這一代的巨大苦難。這首詩的「我們」，顯然是砂拉越的原住民族，在「河川」的部分有築水壩一節，其中透顯出的憂慮，和雁程〈水如此說〉（第六輯）的末尾所提的「計畫中的巴貢水壩」一樣，和近年來中國大陸長江三峽築水壩，臺灣高雄建美濃水庫引發的議題相通，對此，不只是生命財產受到的威脅，預言毀滅發生，進一步也思慮文化問題，藍波這樣寫著：

哦　有一堵高大的牆
將要壩住我們的河川
大水要來淹蓋
十多個聚落
淹沒祖地
淹去長屋
移不走祖先遺骨

我們沒有記載的史詩
不曾被肯定的原始文化
竟要陪葬在水底
夭逝

詩人的這種關懷超越族群，具有普世性，值得敬佩。大體來說，詩從自然而人文，緊扣那內在的關係。而如果是從人文做主訴求，當然也脫離不了那「天幕」，風子近兩百行長詩〈蒼茫暮色的血祭〉正是如此，這個令人驚心動魄的血祭，是真正的「原始文化」，詩人說那「傳統習俗是祖先的顏面」，以「迷迷糊糊」為之定性，最後則以「血腥」如何「清洗」？「創痕」如何「細細包紮／愛撫」作結，表示他重祭禮原始的意旨——「希望」，但對於「迷信」的部分則給予一定程度的指責。

六、

以詩巫為活動場域的草葉詩人群之所關心當然不只上述，譬如第三輯《花雨》中至少就有三首和波斯灣戰爭有關（逸塵〈歲月何其荒涼〉、桑木〈另一種形式的戰爭〉、志向

〈夜，太漫長〉）；夢揚的〈圍牆〉（第二輯）寫柏林圍牆之崩塌；李笙的〈卡拉ＯＫ〉（第四輯）、萬川的〈都市畸形圖．上班族悲情〉（第五輯）堪稱都市的浮世繪，描寫上班族的生活之點滴。其他一般性的生活感悟之作也有一些，讀來頗有親切之感。

本文以詩巫中華文藝社常年文學獎作品集為考察對象，探討詩巫當代華文新詩，結論是當地詩人非常努力地扮演歷史思考者及社會觀察者的角色，已開創出一個頗為豐美的新詩資產，值得珍惜，宜在這樣的基礎上大步邁進，我個人將持續觀察下去。

二〇〇〇年三月十六日於臺北

——發表於「現代漢詩國際研討會」，香港：嶺南大學文學與翻譯研究中心，二〇〇〇年三月。收入《現代漢詩論集》（香港：嶺南大學人文學科研究中心，二〇〇五）。

詩巫當代華文小說：以黑岩為考察對象

一、前言

在詩巫華文作家群中，寫小說的不多，知名的更少，文壇上曾被視為「小說家」的大概只有李一文（蔡存堆，一九三五～）、黑岩（宋志明，一九三九～）。六十歲以下在小說方面有意願經營的，依詩巫中華文藝社常年文學獎作品集顯示，則大約在十七人之譜。

李一文在一九九四年出版的《青春在歡笑》（古晉：砂拉越華文作家協會「犀鳥叢書」），其實是六〇年代的舊作，新編出版頗有向歷史交代的用意。而黑岩在同年出版《荒山月冷》（詩巫中華文藝社「拉讓盆地叢書」），呈現一位現役小說家的風采，書出版後仍有作品發表，且開始有涉外文學活動。

從此以後到公元二〇〇〇年之間，他又累積了十餘篇，連同九〇年代初的舊作，出版了《星子落在西加里曼丹》（詩巫：詩巫中華文藝社，二〇〇二）。

六〇年代即開始寫作的黑岩，當年的筆名是「于寧」，田農《砂華文學史初稿》（砂拉越華族文化協會叢書，一九九五）曾點過他的名字，說他是「詩歌寫作者」；他另有筆名「桑木」，我在其他資料上也曾見過「詩巫詩人桑木」的指稱；此外，也曾見他以筆名「曳陽」、「田紀行」寫文學述評的文章，以本名編輯了幾本書刊。

根據黑岩的自述（《荒山月冷·序》），他在六〇年代嘗試寫作之後停筆，一直到一九八八年才又重燃文學情焰。遠離文學的這一段漫長歲月，個體生命的成長、大社會的變遷，二者必然會不斷互動，最終則形成一個豐富的記憶庫。一旦再度援筆寫作，重要的庫藏都將擇為種苗，尤其是小說這種敘事文類，特別需要宏觀社會、微視人性。小說家黑岩的創作內涵，終將建立在這樣的人生歷練之基礎上面。

二、《荒山月冷》：抓住歷史轉折的關鍵

《荒山月冷》包含十個短篇，較長的已近兩萬字，前有序後有記，作為書名的〈荒山月冷〉之後並附有一篇千餘字的〈關於《荒山月冷》〉，這些創作自述對於讀者要了解作者的文學觀及小說寫作的態度有很大的幫助。大體來說，黑岩曾有過文學與社會的熱情，但是社會發展之路崎嶇，而文學的歷程亦極坎坷，重新執筆的日子亦非晴空萬里，但是「豪情」猶在，有意讓「砂州十年動亂」「在文學上留下一點歷史的痕跡」，以免「被年

輕一代遺忘」，這當然是一種使命感，但回到比較自我的層次，「發洩情感，寄寓抒懷」亦極自然。在態度上，黑岩算是相當低調，首先他誠懇交代復出的因緣，歸功於友朋的「鼓勵」，並一再強調自己作品的「不成熟」，「幾乎篇篇都有缺點存在」，承認要把小說寫好，於他而言是「一樁頗為艱苦費時的工作」。但黑岩在寫作上其實已經有很深刻的體會，他說文藝不能「投機取巧」。誠然，文藝靠的是紮實工夫，而且要有積累，他所蓄積的小說能量已足，爆發的時機與方式還有其他的一些可能，但或許還需要有一些讀者和他對話，產生一些激盪，才能有更燦爛的花果。

（一）以詩巫為中心

這十篇作品約略可以分成兩組，一組較輕，屬小品性質，主要是生活上的點滴成文，包括〈心頭與豆豆〉、〈田老〉、〈投票那一天，唏……〉、〈新春三部曲〉，後者其實是三個各自獨立的短篇，所以這一組六篇；第二組包括〈室鳥已死〉、〈最後一次的演出〉、〈荒山月冷〉、〈瀟瀟雨〉、〈瞿塘峽〉、〈紅柴港上的黃昏〉，分量較重，有歷史背景，其中或多或少都涉及到砂拉越現代史上重要的反殖運動、森林鬥爭及斯里阿曼和談等，今昔對比、理想與現實的衝突中透顯出生命之無奈及小人物面對時代變遷的滄桑。

這些小說以砂拉越為主場景，中心點應該是詩巫，擴及於加帛、加拿逸、美里、古晉、石隆門、桑坡等地，沒有名字的漁村、小鎮、州府、森林等。往外，到西馬的吉隆坡、新加坡、西加里曼丹、印尼小港漁村、香港、臺灣（臺北）、長江三峽、澳洲等。

這些地理鋪設了一個極廣的活動空間，從一村一鎮到異域他邦，展現了作者結實、濃厚的砂拉越情懷，〈心頭與豆豆〉中李心頭漂流到印尼小港漁村二十年後又回到「日夜思念昔日住過的漁村」，在拜完德關之墓後，醉死街頭；〈新春三部曲之三．回鄉〉從新加坡回砂過年的阿文夫妻，「無論如何都要回家過年」；〈室鳥已死〉中的老頭隨兒子國堅在澳洲，心繫砂拉越，連夢裡都是「赤熱山林家鄉，山明水秀，清寧一片」；〈最後一次的演出〉中「我」遠赴香港深造，懷鄉時說：「砂拉越的春天究竟在哪裡？」香港籍的妻子為了避九七，「天天嚷著移民到加拿大」，而「我」呢，「我的心卻多年不變，早已飛往犀鳥鄉之土，那青翠的熱帶膠林，赤道的海灣綠浪，每晚幾乎都在我夢中呈現於眼前」，沈亦蘭對著老友說：「離開砂拉越多年，早已適應異鄉生活，不過每當深夜，夢醒時，我彷彿聽到窗外椰風蕉雨的呼喚！」〈瞿塘峽〉中來自砂拉越的于寧，在中國長江之旅中如此向異國友人介紹砂拉越：

> 它位於赤道婆羅洲與印尼西加里曼丹、汶萊相接，它也有美麗的山川……我們那裡有聞名於世的尼亞石洞，砂拉越博物院及青翠山林，熱帶雨林，有犀鳥鄉之稱的人間樂土……

當他在國外提起家鄉，「心中有點親切得意的感受」，而當別人表示沒聽說過砂拉越時，他「有點洩氣」。這樣的情感，在遠離砂拉越時特別強烈，「鄉情」可貴之處即在於此。

從小說的立場來看，這裡面存在著出走／回歸的普遍性主題，一定是情節發展的重要部分，作者有意通過人物異地心境的變化來突顯他對於家鄉深刻的愛，這些人物，他（她）們的先祖從唐山移民來此，落地生根，先祖的他鄉已成後代的家鄉，一旦空間有所異動，不管基於什麼樣的理由而離去，也不管離去以後是輝煌騰達，還是苟且偷生，家鄉就是砂拉越，所思所念當然也就是砂拉越了。

（二）砂拉越的變貌

當我們把焦點轉回砂拉越，過去這裡究竟曾發生過什麼樣的重大事件？以至於形成今日的風貌？〈室鳥已死〉中的老頭之所以受困異域，原始的導因是大兒子國清參加反殖鬥爭而失蹤，小說中有「後山響起砲聲」，死屍遍地的慘狀。在〈最後一次的演出〉中，導致江炳才犧牲的是森林軍事衝突；在〈荒山月冷〉中，司機阿旺口述的野戰部隊在深山裡追蹤；在〈瞿塘峽〉中，于寧在銀行工作之際，反殖反帝運動曾引發群眾火拚的騷亂。

熟悉砂拉越史的人都知道，戰後砂拉越國讓渡給英國成為殖民地（一九四五），從反讓渡到一九五〇年以後的反殖反帝，乃至因馬來西亞計畫的提出（一九六一）引發的十年動亂（一九六三～一九七三），對於砂拉越人民來說，實在是一段悲慘至極的苦痛歲月，華人當然也不能免於這場苦難。黑岩有意反映砂州的五〇年代到七〇年代，在〈關於《荒山月冷》〉中他說：

小說中的主角人物是虛構，而故事情節卻是那段時代青年不幸的縮影，故事並不批判他們所走的道路，批判只有交給歷史，只是那個時代歷史的特殊情況所造成。他們有理想，有抱負，對這土地有著熾熱的人。但他們走過的道路卻又那麼崎嶇不平，命運的造化對他們也許太不公平。

反映而不批判，可能嗎？一個社會能否進步，就看一代人的集體智慧表現在歷史經驗的反省和總結上面，問題是小說能做到怎樣？小說家主觀的意願如何以及他的能力如何？對於那已消逝的革命激情，將其置放在歷史脈絡裡頭，知道它為什麼出現？為什麼是這樣的際遇？對時局產生何種程度的影響？經歷過的人，不管有沒有直接參與，他們不可能沒有感受；後來者通過聽聞與閱讀，不可能沒有意見。有感受，有意見，如何表達？是直接，或者迂迴？表現到什麼程度？是強烈，還是婉轉？都不可能停留在「反映」的層次上，所謂的「批判」，不論方式和程度，最終是一種價值的判斷，但必須通過事實的呈現或事理的分析，小說不是論文，其手段是擬事實以呈現，也就是黑岩所說的「虛構」、「縮影」。

我覺得黑岩已經抓住了歷史轉折的關鍵，把具理想的市鎮小知識分子和一般市井小民的際遇，擺進時代情境之中，前者顯然是一種主動性的追求，像〈室鳥已死〉中的國清，〈最後一次的演出〉中的「我」、黑老蔡、校友會主席、江炳才和陳澈，〈荒山月冷〉中的銀湖、黃紀華等，他們在時代的潮流中，不論是領袖（校友會主席）、啟蒙者（黃紀華），或者是一般的參與者，在當時投入的情況各有不同，下場亦有所差異，死亡、失蹤或成功逃離風暴，他們都不是孤絕的人，至少在小空間（家庭、社團、學校）產生影響。事過境遷之後，有人突然間又出現了，搖身一變，角色已換，有人則永遠只留在朋友相見時的談話之中，而當老友重逢，究竟理想依舊、豪情猶在，還是相視無言、唯有淚千行？〈最後一次的演出〉通過「我」和黑老蔡在三十年後的對話所呈現出來的，只是昔日情景，還是有所反省？「人類的確是現實的動物，那時天真的我們意氣用事，單憑一股熱忱還想改造世界，結果呢，只是夢想，不用還房租，把金字招牌永遠掛在別人的灰牆，可能嗎？」「政治，政治是什麼，只不過當時昏了腦的叫喊，過分低估了對方，以為他們不敢斷然採取鐵腕行動。」當年領導農民抗暴的黑老蔡，稍後就曾被視為反動，看做「現實的逃兵」，而今呢？至於當年「反殖雙料紅辣椒」的主席，三十年後退休以後進旅行社工作，「感慨」、「消沉」，今昔之間對比何其強烈！

（三）森林裡的鬥爭

特別值得注意的是森林裡的鬥爭，許多篇都一筆帶過，唯有〈荒山月冷〉的最後透過司機阿旺的憶述，卻以「去山裡鬼混」定性，談及那種奔波、苦楚，再配合前面曾從山裡出來返家一次的銀湖的狀況，似乎那只是逃亡，但其實那是所謂的「砂共」，砂共部隊並非烏合之眾，過去學者曾有過不少論述，可以參考。在黑岩筆下，影響銀湖走向「新的戰鬥生涯」的鎮上小學老師黃紀華，失蹤多年後又偶然出現，但一閃即逝。這個人是知識和理想的化身，但強烈的左傾思想與行動能力，應該是左翼領袖的典型性人物，稽之現實，在砂共鬥爭史上不難找到可對照的人物。

看來，黑岩是有意描述砂州的變貌，小說中出現過兩次「斯里阿曼和談的成功」（〈荒山月冷〉、〈瀟瀟雨〉），接著寫的是「局勢立即呈現和平曙光」、「砂拉越的土地剛露曙光」，重建的過程展現出新貌，一方面是容易看得見的硬體景觀，包括公路、房舍等，另一方面是人文社會及心靈結構的調整，前者像〈最後一次的演出〉最後提到「詩巫面貌雖改變了不少」，〈荒山月冷〉第九節所述，以及〈紅柴港上的黃昏〉中從詩巫到加拿逸途中之所聞見及對話內容；後者像〈最後一次的演出〉中是否重組「校友會」的提出，以及〈瀟瀟雨〉中的「長河音樂劇社」又告復活。從心靈層面來看，新貌並沒有帶來新的氣息，反而有一種蒼老與滄桑之感，這很可能和作者的性情與年齡有關，寫這些作品的時候作者已經年過半百，歷經傷痛，他之所記憶發展而成的文學極可能會帶有許多的恨憾。

小品性質的〈田老〉、〈投票的那一天，唏……〉以及〈新春三部曲〉的背後沒有大時間，主要是當代現實生活中的切片，描寫小地方小人物，像田老可以說是資深小流氓，行徑和思維皆可笑，〈投票那一天，唏……〉是選舉怪現狀，李嫂、家婆皆俗世婦女，而〈新春三部曲〉中的池守口、老祖母及肥龍、阿文阿翠夫妻等皆市井小民。這些作品雖語含譏諷，但有親切性，人物皆不可厭，可以說是為砂拉越的浮世繪圖。

（四）小說作為一種敘事文類

作為一種敘事文類，小說之所重在於「事」，如上所述皆「事」之內涵及其屬性，但小說的價值還得進一步看這些事的「敘」法，以及在敘事過程中所透顯出的「情」與「理」。大體來說，黑岩的小說寫得很用心，作品中有完全順敘故事的（如〈投票那一天，唏……〉、〈新春三部曲之一．拜年記〉等），有完全倒敘的（如〈田老〉、〈室鳥已死〉），先出現結局，再回溯事件始末，最後再回到現實場景。此外，亦常見時間自在跳接，像〈瞿塘峽〉、〈紅柴港上的黃昏〉都在現在式中不斷憶述過去，當下的情節動作和歷歷往事之間存有一定程度的對應關係。〈荒山月冷〉以一到十的標號分節，前後銜接，是現在式，但中間較不規則，採取大塊剪接，故事交代得很清楚。這裡面最複雜的是〈瞿塘峽〉，現在式比較清楚，過去部分雙線發展：竹君（即張玉玦）、于寧，由於視點轉移，再加上時間跳接、夢與現實交替，讀的時候要看清楚，而且要有耐心。

作者就是在這樣的寫作中彰顯人情（國家、鄉土、友朋、男女情愛關係等）、分析事理，或頌讚，或諷諭，充分反映出他的歷史反思、社會批評及面對人生的探索。

三、《星子落在西加里曼丹》：砂拉越浮世圖繪

黑岩極具反省性，他一方面反省自身的成長經驗，並且將其置放在砂華歷史的進程中去對照思考；另一方面，他也努力反省自己的寫作史，清楚了解自己的缺點與特點。縱使反省得不一定非常深刻，作品也並非完美無瑕，但從近作看來，黑岩嘗試以小說面對歷史與社會的意圖，確已成他不斷書寫的一種動力，值得期待。

在《星子落在西加里曼丹》集前面的一篇短文〈堂．吉訶德與風車及其他〉中，黑岩說：「我感到小說應該關注的是人的命運和遭際，以及在動蕩時代，人類感情的變異和人類理性的迷失……因此小說家並不負責再現歷史，也不可能再現歷史。」他堅信小說家

「是以思考來選擇和改造歷史事件」；他服膺米蘭．昆德拉的主張，在「提出疑問」與「尋找答案」中，認為前者才是小說智慧之所在。這樣的小說觀影響著他的寫作，但沒有完全決定他的小說品質，當我們遍覽他的作品，很清楚感受到：在歷史潮流底下，黑岩之所重在於生存環境之變遷，以及在那過程中人們的適應狀況所引發的各種衝突，所形成的人事之滄桑變化。

作為一個出生在砂拉越的華人，黑岩所處的二十世紀，詭譎多變，非常吊詭。他在二十一世紀伊始時回望，指出：「二十世紀是一個理想主義的世紀，是革命以誰也不知的邏輯試圖改造人性的世紀，同時也是摧毀人們詩情夢幻的追求世紀。」今之視昔，當然比較清明，但那是因切膚之痛而感悟出來的，黑岩身處其中，所心心繫念的是：

為什麼當年那麼多優秀的青年，會如此強烈激情，如燈蛾撲火一樣，投入這場戰爭的火海中？

黑岩自己也曾是那些優秀青年之一。他並非只提問而不去探尋答案，而是選擇以小說的形式去發現並探索現象背後所存在的複雜而曲折的成因。

（一）一代人之離散

晚清以降華工南來墾拓之歷史，對黑岩來說太遙遠了，但父執輩，乃至於祖父母同時代人移民的經歷，他必有所感受，〈太陽雨〉中飄洋過海到「石岡山」當礦工的外祖父一家人，因生存問題而走往內陸的「秋山」，「開拓山林，翻土耕種」，雖輕描淡寫，但一代人之離散，落地猶未能扎根之艱辛於焉可見。〈最後的馬吉街〉中的潮州老漢，當年在「潮山大旱災，又抽壯丁，鄉下生活實在過不下去」的情況下：

拋棄了年老的爹娘，告別了那乾涸多災多難的土地，隨著一位遠親叔伯，飄過了七洲洋上，路經石叻坡，來到了古晉的亞答街坊。

〈星子落在西加里曼丹〉中女主角白梅的中學校長，畢業於廣州嶺南大學，原抱著獻身祖國的心情，無奈在參與八年抗戰勝利之後，家鄉仍然「天災人禍，民不聊生」，社會「腐敗混亂」，「容納不下這讀書人」，「唯有拋棄家園，與妻搭上開往石叻坡的汕頭船隻」，「由石叻坡轉站赴印尼椰加達，再度轉船來到了坤甸」。

我無法確知「石岡山」及「秋山」的所在，猜測應在拉讓江流城；古晉是砂拉越首府；而坤甸則在印尼西加里曼丹。華人之南來婆羅洲，或種膠林，或做點小生意，或辦教育，這些地方作為落腳之處，能否就此扎根而不再飄泊，答案當然是否定的，在家鄉，八年抗戰是大事，國共鬥爭乃至於其後的政權易幟都是驚天動地，牽繫著華人共同的命運，〈星子落在西加里曼丹〉中的吳校長和〈太陽雨〉中的黃校長皆曾參與抗日救亡，然後投身南方，前者在「解放」後「北歸」，後者則在本地的動亂中成了山裡游擊隊的領導人，終在剷山運動中「戰死沙場」。

本地局勢多變，對華人來說，形成許多對應上的艱難，從早期和拉者的關係，和伊班等原住民族的關係，乃至於其後反日、反讓渡、反殖反帝、反大馬計畫等連串風潮，然後是十年動亂、斯里阿曼行動迎來和平曙光等，所在的國度多災多難，黑岩也許沒有寫砂拉越歷史的本意，但華人的生存場域就在其中，於是他無可避免觸及砂拉越的華人辛酸史。

撇開大的政治情勢所造成的影響，我們在〈最後的馬吉街〉、〈亡羊補牢〉、〈小鎮風采〉、〈古橋舊影〉、〈南陽街的傳說〉、〈太陽雨〉諸篇中，看到特定地方在今昔之比中所呈現出的人文景觀之變化。馬吉街在詩巫，黑岩聚焦於潮州老漢那老字號的「吉成」小店；〈亡羊補牢〉的背景是一條麻油街，也在詩巫；小鎮在拉讓江上游；至於南陽街，根據篇首的景觀描述，江是拉讓江，南陽老街顯然就在詩巫。黑岩在其中表達了頗為強烈的懷舊情緒。

（二）家庭．聚落．種族

歷史潮流底下社會在變遷，家庭產生的變化也令人驚駭。首先，移民很可能即是拋棄爹娘、告別土地；南來以後，竟也難以避免家族的糾葛與分化，〈古橋舊影〉的當下已在澳洲，但古橋舊影幢幢中浮現的一家人乃至於親戚間的牽扯，從四〇年代到八〇年代，在史事的更迭中，在不斷爭執與妥協的過程中，凋零，或者星散，最後即連整個古橋一帶，板屋已被森嚴的鋼骨水泥森林取代，「古橋依舊保留它的名字，不過那是插於路邊一支毫不起色的路牌柱子」。

在略嫌鬆散的敘事結構中，黑岩詳細敘說著古橋的故事，從家庭到聚落都有了大變化，這個故事由當年父親的雜工馬來人華合說起的，值得注意的是，父親對待華合的那種情義，多少年後，已是白髮蒼蒼的馬來老叟都還念著：「老頭家，人真好……」但相較於〈小鎮風采〉中的父母親之於拉子「伊姆」的慈悲與寬容，卻顯得平淡多了，伊姆帶大了二哥，陪母親度過艱困的歲月，最終得以如願「以華人風俗儀式完成她的後事」，而且每年清明，「二哥總不忘帶著妻兒上山祭拜他的拉子伊姆」。

基本上這還是在家庭之中，馬來男人和拉子女人皆異族，「他者」而成為家中的一分子，那種相對待的關係，雖然不能完全超越種族，但有情義，比較起自家人鬥爭之殘酷，顯得更加珍貴。在黑岩筆下，種族差異是存在的，但有善意，令人感動的情節出現在〈一盞小油燈〉及〈星子落在西加里曼丹〉，在前篇中，「我」在除夕夜驅車從外地趕回家過年的途中，在荒山野林爆胎，前來解危的是操伊班語的達雅夫妻，而他們竟是三年前因車禍枉死於此的鬼魂。在後篇中，主角林楚天在砂拉越邊界傷重昏迷，救他的老媼「講的是比達友語」。不過在〈古橋舊影〉中寫到日本占領時期，人們「怕拉子從加帛上邊下來搶劫，砍人頭」，〈琴姐〉中亦有相同的記載，從相關文獻看來，種族之間曾經劇烈衝突，足為殷鑑。

（三）砂州浮世圖繪

黑岩以大歷史之流動作為背景，描寫市鎮的滄桑變化中人際的糾纏，當然也不乏理想的追尋與幻滅，但主要是以詩巫為中心的砂拉越浮世圖繪，〈一束玫瑰花〉、〈追魂〉、〈老盧的慢車〉、〈琴姐〉等全都是市井小民的日常行徑。此外，繪聲繪影的鬼魂傳說，黑岩似乎特有興趣，〈小鎮風采〉中拔牙的福州老頭突然暴斃於深夜後巷陰溝，然後鎮上便傳言老頭陰魂徘徊後巷，在小說中只是映襯伊姆命運之悲苦及生活之無依，但在〈一盞小油燈〉、〈他曾售賣小說〉、〈南陽街的傳說〉、〈太陽雨〉四篇中，皆通過鬼魅以彰顯對人世之不捨和恨憾，我覺得夜半現身助人的達雅夫妻，有救贖的意涵；〈他曾售賣小說〉虛擬美麗女鬼之購置、閱讀澤雨小說《河上傳奇》（婆羅洲森林小說），實有諷諭砂華作家及讀者的意味；〈南陽街的傳說〉敘述前世今生的靈異現象，涉及富貴人家之興衰；而「太陽雨」的異象正和秋山及玉堂夫人的鬼魂傳說相互呼應，鋪陳一頁秋山血淚史。

對於黑岩來說，鬼故事是新出現的小說內容，這些俗世傳說在市井之間原就普遍存在，黑岩挖得還不夠深，但陰森的氣氛形成詭異風格，頗能相應於詭譎多變的砂州風雲以及蓊鬱神秘的婆羅洲景象。

（四）生命經驗的轉化

黑岩續著《荒山月冷》的小說寫作路線，把他的生命經驗轉化成題材。他出生於砂拉越詩巫，走遍砂拉越各地，此外，他曾旅居澳洲，到過西加里曼丹，訪問過中國，這是他的小說背景之所以拉得那麼大的原因；他在六〇年代曾參與反帝反殖的社會文化運動，開始寫作，演出話劇，八〇年代復出文壇，詩、散文、小說都寫，此外，他還是知名的攝影家，所以〈老盧的慢車〉寫攝影，〈桃花一事〉的秋雨是詩人，〈他曾售賣小說〉、〈昨夜我夢見看話劇〉都和他個人的文藝趣味有關。他豐富的人生經驗鋪展成豐富的小說世界。

黑岩作為一個小說家，他知道要寫什麼，也清楚了解自己通過小說所要探求的義理，但他對情節主線的掌握，有時候會出現未修剪的枝蔓，以致於有結構不夠緊密的現象發生；人物一多，有時控制得不夠徹底，從《荒山月冷》到《星子落在西加里曼丹》，都有這樣的問題，我在前面曾說黑岩極具反省性，我建議他重新檢視自己的作品時，在這兩方面做更深入的思考。

補記

一九九七年我到詩巫（Sibu）而「發現詩巫」，也發現了黑岩。二〇〇〇年，砂拉越華族文化協會舉辦「巍萌．黑岩小說研討會」，我應邀發表〈抓住歷史轉折的關鍵——黑岩小說集《荒山月冷》的一些考察〉，其後刊載於砂拉越華族文化協會的《文海》第三期（二〇〇〇年五月）。

稍後，他將《星子落在西加里曼丹》的打字初稿寄給我，要我為他這第二本小說集寫序，我在拜讀之後寫下〈以詩巫為中心——砂華小說家黑岩的近作考察〉。今將二文加以修訂整合成一篇，改題〈詩巫當代華文小說——以黑岩為考察對象〉，收入本書，特說明如上。

——發表於「魏萌、黑岩小說討論會」，詩巫：砂拉越華族文化協會，二〇〇〇年六月。原題〈抓住歷史轉折的關鍵——黑岩小說集《荒山冷月》的一些考察〉，刊於砂拉越華族文化協會《文海》第三期，二〇〇〇年五月；「新世紀文學文化研究的新動向研討會」，吉隆坡：馬來西亞華社研究中心等，二〇〇二年六月。原題〈以詩巫為中心——砂華小說家黑岩的近作考察〉。

輯二

劉子政及其《詩巫劫後追記》

一、劉子政

- 本名劉恭煌，以字行。
- 一九三一年生於福建閩清。
- 一九三六年與兄劉恭輝隨母親南赴砂拉越詩巫（Sibu）黃師來坡，與前幾年先到的父親劉新昌相聚，進華校士來小學。
- 一九四九年六月詩巫中正初級中學畢業；一九五二年十二月詩巫衛理學校高級中學畢業。
- 一九五二年起於詩巫《大同日報》、《詩華日報》發表文史雜感類文章。
- 一九五三年應劉賢任校長之邀，進中正中學擔任文史教員。
- 一九五五年抗戰勝利十周年，撰〈詩巫劫後追記〉四萬餘字，從三月到六月發表於詩巫《詩華日報》，八月印刷成書，由該報出版。這是他最早出版的一本書，頗獲好評，影響深遠。

- 一九六〇年三月離開中正中學，轉任職於岳父經營的木材企業，以迄逝世（二〇〇二）。
- 終其一生所著文史專書計有二十冊，皆與婆羅洲史事有關，包括砂拉越、汶萊、沙巴。

二、詩巫

- 原稱馬林（Maling），在砂拉越拉讓江及其支流伊干江交會的三角洲，是馬來西亞砂拉越州第三省（詩巫省）的省會，是全州第二大城市（次於首府古晉）。北距南中國海約一百公里。
- 這裡原只是個小村落，一九〇一年，曾參與康有為等人公車上書的福建閩清人黃乃裳與當時砂拉越統治者簽約，分批率福州人來此開墾（稱福州墾場），自此而有比較大規模的華人移民來此（接著有廣東墾場、興化墾場），由於福州人最多，故稱「小福州」或「新福州」，黃乃裳為港主。
- 詩巫工商業發達，華人社團很多，文化活動頻繁。

三、劫後

- 一九四一年十二月八日日軍偷襲美國在夏威夷群島的珍珠港，發動太平洋戰爭，企圖拿下英屬、美屬、荷屬土地，短短五個月之內，幾乎占領了整個南洋。
- 十二月十六日，日軍攻陷美里（Miri，在北砂）；十九日轟炸古晉（Kuching，在南砂）；二十五日轟炸詩巫。日軍在次年元月二十九日接收詩巫，一九四五年九月十七日正式退離，總計詩巫陷日三年八個月。
- 初期、末期達雅族的動亂。
- 日軍高壓、殘暴的統治。
- 亂民和漢奸。
- 聯軍的轟炸。

四、追記

- 這是一部真實的紀錄，作於戰後十年，寫拉讓江流域「上到加帛，下到泗里街」的淪陷情形。

- 一九五五年詩華日報初版，一九九六年砂拉越華族文化協會再版，列入「劉子政文史系列」第一冊。
- 作者實際走過那一段歲月，記憶鮮明、感受特深，他受到曹聚仁《中國抗戰畫史》、謝松山《血海》（揭露日軍侵略新加坡的罪行）的啟發，秉持司馬遷寫《史記》那種「實地考察之精神」，以記憶、聽聞、特定對象訪談、親臨現場觀察、參考剪報及史籍等，夾敘夾議寫成四萬餘字的這本《詩巫劫後追記》。
- 本書目錄如下：

附：劉子政文史系列（砂拉越華族文化協會）

01 詩巫劫後追記 一九九六

18 中國駐婆羅洲領事館史略　二〇〇一
19 砂拉越一三〇年大事記　二〇〇一
20 明遠樓外記　二〇〇一

——發表於「東亞現代文學中的戰爭與歷史記憶國際學術研討會」，北京：中國社會科學院文學研究所，二〇〇五年八月二十四日至二十六日。

在剃刀邊緣上：專訪砂拉越民間學者田農先生

李：很高興有這個機會在詩巫見面，距離上一次在美里相會差不多有半年了。這個緣分我個人非常珍惜，因此想利用機會對您個人的生平、工作、學術等等做一些了解，讓臺灣的朋友知道：在砂拉越，有這麼一位對華族文化長期耕耘的學者——用我的話來說是一位民間學者。首先，是不是先向我們介紹一下您個人的出身以及求學的過程，好不好？

動盪的年代

田：我出生在一九四〇年，就是龍年——跟你一樣，大你一輪。出生不久，日本占領砂拉越，那是一個戰亂的年代。但我童年的生活還算可以，那時我的大哥還在，家庭環境也還可以。到了大哥過世，大約是在我初一、初二時，家道就中落了。我父親也沒有做什麼特別的營生。中學畢業，我就到報館工作，大概一九五八年吧！開始編文藝副刊，報紙叫《砂文時報》，副刊叫「文藝行列」；我也在《前鋒日報》當過半年記者，採訪新聞，應該是在一九五八年初吧。不久，跟一個朋友開了一家書店，就叫做「生活書店」，那是一九五九年吧！同時註冊了一家雜誌，就叫《文藝生活》，我自己當主編。出版了六期，就被政府勒令停刊，那是一個政治掛帥的時代，言論不自由。六一年，我就到香港去讀大學了。

李：您到香港，大學讀的是？

田：我在一間香江學院，讀經濟系。為什麼我會想讀經濟，我自己本身的中文程度還可以，到中文系應更容易上手吧！但那時是想，經濟系可以跟社會政治掛鉤，那時香港有這個方便，我想看看《資本論》，或者是有關馬列主義的政治論著，所以就讀經濟系了……六六年才離開。在念書的時候，曾在那邊的報社兼職，同時也在一間中學兼課，來維持個人的生活。

李：您出生在哪裡？

田：在砂拉越的古晉。

李：後來還是回到古晉嗎？

田：對，回到古晉。在香港前後就住那麼幾年，半工半讀，因為那時候家況已經差了。一九六六年回來的時候，砂拉越動盪不安，那時的左翼運動，特別是森林裡有鬥爭。一九六二、六三年初，砂共開始進入森林，那時是大馬時代，砂拉越很動盪。我想教書，但沒機會，就到一家很大的建築公司工作一段時間。一九七〇年初，我到美里一家報館當主編，那時叫做《衛報》，是執政黨——「人聯黨」跟當地合作辦的一家報紙。一九七三年，我再回到古晉，在《砂勞越晚報》和《世界早報》當主筆，大約到一九七八年。《世界早報》是「人民聯合黨」的報紙。七八年一直到七九年，到香港繼續從事研究工作。八〇年我再回到古晉，也從事了一段時間建築行業，一直到一九八八年，我應聘到美里的《詩華日報》當總編輯兼總主筆，主持筆政。

在剃刀邊緣上

李：您在參與媒體編輯的過程中，對華人在當地的處境，一定有長期的觀察。您能不能以一個新聞人的立場跟我們分享一下？

田：長期在報界工作，對整個馬來西亞，特別是砂拉越華人社會，是有比較深切的感觸。砂拉越華人，政治意識並不高漲，文化上比西馬，還要落後二十年。我們這裡華族人口少，歷史也沒有那麼悠久，不像新馬，文化工作者當然也不能跟新馬相比，屬於比較低落的狀態。因此，我們做新聞工作的，還是很艱苦的，由於言論比較不自由，報界受到很大的限制，我們想講的話也不能通過我們的筆來真正表達，這當然是一種限制，跟臺灣的情況不一樣。即使到現在，砂拉越還是處於這種情況。作為新聞工作者，包括編務跟社論方面的撰寫，都受到很大的局限。因為政治人物常常干預。一九九六年，我所工作的報紙，就面對了政黨的杯葛，帶來了一段時間的困苦，特別是過後又面臨了金融風暴。我的意思是說，報章的言論自由受到政治因素的影響，政治人物的干預，使新聞工作者面對很多的困境。特別是華人社會人口不多、讀報人有限，銷量當然不好，這是我個人的看法。

李：目前的情況比較起過去來說，有沒有改善？

田：我看還是沒有改善。整個馬來西亞，最多是在大選的時候，表面上有開放的一面，可以允許你做某些報導，但是事實上還是受到控制，非常明顯。

李：華文報在這種情況下，分寸如何拿捏？

田：很辛苦。這個時候，特別是主持編務的人很容易受到干擾，不能按照自己的理念進行編輯。

李：我想進一步了解一下。言論在剃刀邊緣上，拿捏的時候，心情到底怎樣？從事新聞工作，跨一步可能就面對政治的干預，退一步又要面對自己的良知，新聞的道德會產生很大的衝擊。長期下來，是不是已經練就了一身自動調解的能力了？

田：我們長期搞新聞事業的人，必須拿捏得很準，要不然就會滋生困擾了。發布新聞，寫社論，都很難按照個人的理念去抒發，不能夠。

李：是有一套比較嚴密的檢查系統嗎？

田：主持編務的人，一定要懂得這個東西，寫社論要知道馬來西亞的言論自由到什麼情況？言論敏感在什麼地方？自己必須要懂。所以，像有些報紙，雖然不會被政府封閉，但是政黨人物也一樣來關切你、杯葛你，使報份下跌，也影響到廣告。《詩華日報》就面對這個問題。一九七〇年，在古晉《詩華日報》曾被停刊……兩個月吧！一九六二年，那是一個動盪時代，在汶萊事變的時候，幾份報紙被英殖民地政府封閉了。在這之前之後，也有好多報章被封閉了，所以報紙的起起落落，在砂拉越是很平常的事。我講這話就表示砂拉越華文報章艱苦的一面，雖然大家都想把文化工作做得好一點，但有不少限制。

李：是呀！也不能不顧慮到現實處境，畢竟還要發展下去。

田：對，要生存就要拿捏得很準。如果有一點差錯，問題就來了。

李：我想，您長期的新聞媒體工作，對您在另外一方面的發展應該有相當大的影響，亦即關於砂拉越華人的歷史、社會、文化處境等方面的探討，應該有所幫助。您在什麼樣的情況下，想到在新聞媒體工作的同時，又去從事砂拉越華人文化的研究？

研究砂拉越華族文化

田：我在中學時代，主要是搞文藝創作，六五年念大學的時候，出版了一本詩集叫《子夜詩抄》，那是在香港出版的，回來以後，因工作關係，文學創作少了。七〇年代開始，或是六〇年代末，我自己想轉向華人社會的研究，原因是這樣：這是一個未開墾的處女林，除了田汝康早年寫的《砂勞越的華人》，那是一本英文著作。田汝康是在一九一六年出生，雲南人，在一九四九年末來砂拉越進行華人社會的調查研究。《砂勞越的華人》這本書幾乎是這方面的經典著作，不過它是用英文寫的；田汝康現在還在上海教書。

李：這裡我想了解，六〇年代末、七〇年代初的轉向，一定是覺得這方面值得開墾；但是您在「研究方法」上，是不是有一些比較屬於學術的訓練呢？

田：那個時候還年輕，我本身念經濟學，經濟學當然得跟社會學掛鉤，要運用社會學，當然也讀了那些書。砂拉越華人社會的調查，在那時沒有什麼人做，即使劉子政，他是不做田野工作，他是從資料去……（**李：**對，我知道，文獻研究。）收集資料，用剪報來做。我開始做的時候，面對很多困難。但想到如果沒有人從事這方面的研究，沒有注意到收集的工作，很多資料可能都會喪失掉，我在自己寫的書裡也提到這個問題。比如說很早成立的公會，一百多年來都沒有歷史資料的收集，需要有人來做，我個人也就開始做了。這是一個未開墾的地方，應該迫不及待地進行，所以我從文學創作轉向到砂拉越華族歷史文化的研究，主要是一種任務，或者說使命感；個人素養開始時當然沒有什麼，經過幾十年的……應該說是二、三十年了吧！也算是略有成就了。

李：您在砂拉越華族文化方面的研究，到目前為止，向學界、社會提供出哪些研究成果？

田：我在一九七七年出了一本書叫《砂勞越華族社會結構與形態》，先在新加坡一個朋友處出版，後來正式在馬來西亞華社資料研究中心再版。去年再出版了《砂勞越華人社會的變遷》，當然也可以把砂拉越共產主義組織研究的《森林裡的鬥爭》歸入，算是一種政治歷史的研究。

李：前面兩本，一本是比較屬於本質上、結構性的討論；另外一本是比較屬於變動性的討論。目前就是這三本書？（**田：**嗯。）您自己覺得滿意嗎？您剛才特別提到「略有成就」。

田：不能算「成就」（笑），建國幾十年了，這個工作當然是……有點心得吧！

李：我們就說是……有些成績嘛！您覺得相對於其他有關砂拉越華族的研究來說，您有什麼跟別人不同的地方？

田：我是想通過自己的研究，做比較深刻的探討，但是覺得還是做得不夠。在砂拉越做比較深入研究的人還是沒有。

李：那您覺得像「華族文化協會」最近幾次開的研討會，成效如何？

田：我都參與了，都是主講人。但是那些主講人很多都是才初步涉入這個研究領域，不是那麼深刻。

李：值得期待嗎？您覺得這一些人？

田：當然可以期待，但是不多。我們希望多一些人來做。

李：像黃建淳目前做的，像《砂勞越華人文化研究》那麼厚的巨著，以及逐漸看他一些學生在做田野調查工作，您有沒有什麼看法？

田：從學術觀點來看這當然是一件好事，因為本地人做不到，外地人來做，特別是年輕的一代。如果條件許可，本地人也應該有人可以這樣做，但是砂拉越沒有給予適當資助，變成有心也無力，我們長年要在新聞界工作，不能放手全面地去做。如果我七〇年代能有一個很好環境做這種研究，是不是也能做得好一點。

李：換句話說，您有關這些田野調查、研究，都在毫無外援的情況底下？

田：幾乎是這個樣子。

李：就靠著自己的使命感、興趣，毫無外援，那最後的出版呢？

田：基本上都還是要自己找錢的嘛。

李：像砂拉越華族文化協會這樣一個單位，可能不可能有一筆預算來提供研究者——譬如像田先生您，進行專案委託研究。像我今天得以到這個地方來，主要是臺灣行政院有一個國家科學委員會，我向國科會提出這樣的一個計畫，得到贊助，就能來做一點工作。

田：那我坦白講，如果我們有像臺灣那樣經費的援助，我想我們可以做得很好，最少我自己這方面一定可以，即使是文學的也好，歷史的研究也好，都可以做得出來；但砂拉越就沒有這種經費的援助，雖然也有點基金，但不會撥出來給學者做這方面的研究，他們重視的還是些表面的東西，不是真正從文化深層去看這問題。

李：這主要是一個制度的問題……

田：就是說，制度完全沒有建立，他們不理解研究工作的重要和艱苦，需要財力的資助，但是有錢的人，能夠拿多少出來贊助學者做研究呢？他們沒有這個認識。

李：如果說您有兩個研究助理可以幫您做比較基本的資料收集及整理，甚至跟外界聯繫的行政工作，不必你自己做，在這個情況下，比較重要的在分析、研判，甚至到最後的撰寫，應該可以加速。

田：我們這類研究，不要說兩個助理，一個助理都沒有，做田野都要自己來，比如說寫一篇美里地區的調查，要用到很長的時間，沒有幾個人自願。我們只能請一些人，像中學生，幫忙做一點。整個砂拉越的學術發展，從比較高的層次來看，我覺得應該是漸進的，即使是臺灣，七〇年代、八〇年代初期，條件可能也沒有現在這樣。我覺得學者、文化工作者也要自己提升，這樣比較容易得到人家的肯定，像我們每次辦什麼研討會，總是要去外面請很多人來，整個來講，本地人的水平還是不夠。

李：學術環境對於整個學術成果有很大的影響，對個人的精神面會有所鼓舞……還有一個比較根本的問題，以砂拉越來說，大學裡沒有這樣的教研單位，研究人力的養成非常困難。像您這樣，我用一個「民間學者」這樣的尊稱，其實是野生的，生命力特別強，從一點一滴的田調出發，到最後非常紮實，比較起學院派的人來說，有不同的風格跟成果。您可不可以談談現在正在進行的工作，以及以後想做的？

想研究詩巫的福州人

田：很多年來我就想做砂拉越福州人的研究，一定是這樣。福州人是砂拉越華族人口最大的一個族群，人口多、經濟勢力強。以詩巫為例，那是一個很典型的移民社會。他們漳泉人士到詩巫來，那是一八六幾年，但一九〇〇年之後，黃乃裳帶了一批福州人來了以後，福州人變成非常重要。這個詩巫很值得研究，可以從詩巫來做福州人的研究。

李：您剛剛講，漳泉人士來的時間比福州人早？

田：早，早很多，一八六二年就來了。詩巫的開拓是在一八六二，漳泉人，就是閩南人，來這邊開拓的。到了十九世紀末黃乃裳才來，他來做調查，後來一九〇〇年才開始有福州人的移民。以前當然是零散移民，漳泉人，都是零零散散來的。黃乃裳帶來的是聚集的移民，所以他的土地多。不斷地來，所以詩巫變成一個福州人群聚的地方，發展到現在，福州人是砂拉越最大的一個華族族群。我多年來就想做這方面的研究，但就像剛才所講的，一直沒有進行。

李：回到剛剛談的學術研究環境，福州公會不是更應該做福州人研究嗎？

田：對，但他們沒有人做。

李：其實這之間的管道可以建立起來，讓他們了解到現在要做的事情，對福州人來說是非常重要的。

田：等於說是要他們來援助資金。一般有錢人嘛，就等著人家開口。沒有制度，我們也無從去申請。變成要通過個別的關係，我開不了口，所以一直沒有進行。在臺灣，你可以很容易申請到研究贊助，這裡沒有這個條件。我講了很多年，從一九九五……我這裡有一篇講稿，那是一個初步的研究，是在一個研討會裡的講話。資料收集了，還必須做一些田野的調查工作，現在也還沒完成。如果能夠的話，我想把它完成。

我剛才講的是說，要從個人提升。比如你申請三萬塊馬幣，以文化協會這樣有限的經費，三萬塊丟出去，成果怎麼出來？大家都有一點懷疑。等於是說，是不是值得？你懂我的意思嗎？當然從你的角度講的是另外一種情形，假如你不給我充足的津貼，我怎麼可能把成果給你。所以兩邊有這樣不同的考慮。所以我說學者如果提升，過去的成績擺出來給人家看，至少他們有一種堅定的認同。你看得出來，對不對？

說到文化協會，我當然希望它成為一個學術的研究機構、資料收藏中心。每個人的要求不同，尤其是你用文化協會這個名義，領導層的看法就不同，而且不是每個人都能認同學術的，譬如出書，包括銷路，假如你用生意人的角度去看，成本付出了，是不是能夠回收？我也同意您的說法，一個澳洲的學者說，本地的機構給他馬幣三十萬。在我們來看，十萬塊對於文化協會來講，可能可以出二十幾本書，它小本經營。像建淳做的，如果我們有一個很好的環境，七、八〇年代，我肯定也可以做。也許深度沒有那麼好，但是我們缺乏這個條件。外人來做不是不好，但是我們自己本來是可以完全做得到的。

李：香港是這樣，提供資金，請大陸的學者來寫文學史。一部《香港文學史》，就是香港作協請人去編寫的。另外，最近有一位中國社科院的學者，在香港寫《香港小說史》。對我來說，文學史不是重要的工作，這裡面有一個距離的問題，從比較遠的角度來看，需要一部文學史；但在地就不是非常需要，因為我們更應該做的是一點一滴的史料重建。這個工作沒有做出來，所有文學史都是東拼西湊。當一個外地學者要寫臺灣文學史，他把相關的材料組在一塊，閱讀消化以後，就可以寫了。但我們不應該這樣做，必須從第一手材料著手。

田：我的《砂華文學史初稿》就寫得很辛苦，因為那是戰亂的時代，材料很有問題；另一方面，砂拉越華族文學的歷史也不長。

重寫《森林裡的鬥爭》、續寫《砂華文學史》

李：您剛剛講到您好幾年來想做福州人研究，此外，有沒有想過要做些什麼樣的課題？

田：我的《森林裡的鬥爭——砂勞越共產黨組織研究》是在香港時寫的，一九七九、八〇年時的作品。當時還是有很多政治的局限，不能充分論述。現在比較方便了，我是想重寫一本比較好的，像樣的學術著作，擴充一倍以上的篇幅，應該是可以做到的。這些工作到現在也沒有什麼人做，我的一些朋友希望我能重寫。

李：最近幾年有關砂共的資料好像逐漸在出來，有一些當事人的口述。

田：他們的追溯、回憶，幾乎都是我們那一代人嘛，很多都是朋友，大部分都認識的。叫他們做些追溯的工作還是可以的，資料的收集方便一點；他們在森林裡面的一些文件資料也可以看得到了，這部分，因為三十年了，當然可以開放了。如果有比較充裕的時間，這方面可以做一些。

李：對，這方面很重要。他們最後在大環境底下結束了那場森林的鬥爭，那總是歷史的一部分。

田：這是肯定的。譬如說，我們回頭來看馬來亞的獨立運動，如果沒有馬共在森林裡面鬥爭，我看馬來西亞獨立不會那麼快。這絕對不是幾個人爭取到的，肯定是森林裡頭這批馬共，使得英國殖民地政府不得不趕快放掉政權。所以左翼的鬥爭，促進了馬來西亞。那麼砂共的鬥爭當然也有這個作用，不能漠視。儘管他們失敗了，那是大環境，實際趨勢的影響，不過他們的貢獻還是存在的。

李：您的著作我覺得很有意思。我最近跟陳映真先生談到砂共，提到您的《森林裡的鬥爭》。

田：他還記得我嗎？已經二十年沒見面了。

李：我想應該記得，對於砂拉越的共產黨，他聽來就很感興趣。哪天我把您的書拷貝一份送給他。

田：書這裡也有，都已經斑駁了，當時書印得很差。砂共若要寫小說，資料非常充分。如果一個掌握小說技巧的人，通過政治鬥爭，去寫知識分子怎麼進行運動，這些都是很好的小說題材。

李：您剛剛特別談到您自己原來也是文藝青年出身，年輕的時候就出過詩集，也寫過小說。後來因為媒體工作和研究的興趣，文學的部分逐漸比較疏離。但是後來看您回過頭去寫砂華文學史，跟您整個砂拉越華人社會史的研究也有一個關連性，兩者之間相呼應。砂華文學史受限於史料，寫到一九七〇年左右，我個人期待您能夠繼續寫下去，關心砂華文學的朋友一定和我有同樣的期待。今天能夠訪問您，我非常高興。希望很快再相見，不管在砂拉越，或是臺灣。謝謝。

補記

一九九九年十月，我在砂拉越巡講。抵達美里那一天，認識了田農先生。他熱情豪邁，但不掩飾長期困守當地的孤寂之情。次年三、四月之交，我再赴砂拉越，在詩巫和田農一起參與了一場砂華小說研討會，他論巍萌，我談黑岩。我利用時間以他為對象做了一次專訪。

田農，本名田英成，一九四〇年出生於古晉，曾留學香港，一生從事新聞工作，另以民間學者身分研究砂拉越華人社會，著述甚豐，除詩集《子夜詩抄》（一九六五，二〇一〇年增訂重編為《熱土》），雜文集《解凍的時刻》（一九九四）、《政論選集》（一九九六），文學論著《砂華文學史初稿》（一九九五）、《歲月章回》（二〇〇六）；另有砂華社會研究專書《砂勞越華族社會結構與形態》（一九七七）、《砂勞越華人社會的變遷》（一九九九）、《森林裡的鬥爭——砂勞越共產黨組織研究》（一九九〇）、《田農文史論集：族群、政治與文學》（二〇〇四）、《砂拉越華人社會史研究》（二〇一一）等。並編有《馬來西亞砂拉越華文詩選》（二〇〇七）、《馬來西亞砂拉越戰後華文小說選》（二〇〇九）等書。

我的專訪緊扣他的學經歷及他一生的關懷重點，當年由研究生聽打，竟發現靠近結尾處沒錄好，好像也沒有急迫性，於是暫停；沒想到就這樣停了二十年，幾度想重拾這篇訪談草稿，尤其是二〇一六年十一月，應王潤華之邀赴馬來西亞南方學院大學開會，我提交的題目〈生命是一場堅忍的戰鬥〉，即是談田農詩中的熱情和悲情，那時多麼想一鼓作氣完成它，但我忙碌依舊，連論文也是未完稿。

我想，我如果沒有利用這一次出版《砂華文學的價值》的機會，把它定稿並收入其中，我必將愧悔一生。至於那篇未完論文，有「前言」如下：

現居砂拉越美里的砂拉越著名報人、文史專家田農（田英成，一九四〇～），一九六〇年代中期在香港以另一筆名田柯出版詩集《子夜詩抄》（漢學出版社，一九六五年十一月）。

這是他此生所出版的第一本書，「所收的詩，起於一九五六年，迄於一九六二年」，計二十八題，三十五首，根據顯然是作者手筆的〈出版者的話〉中說：「作者以青年特有的熱情，用其特有的筆觸，描寫了當地的秀麗山川和景物，歌頌了可愛的人民，反映了當時的若干事件，力圖喚醒沉睡的人們。」他是一九六一年杪從砂拉越古晉到香港留學的，故而其中也收有居港時期的五、六首詩。

四十餘年後，他重整舊作，另加入五、六〇年代十首（也有三首寫於香港），及一九八七年以後作品十八首，編印成《熱土》（砂拉越華文作家協會，二〇一〇年五月），署名田農。

一九九九年十月，我的砂州巡講抵達美里那幾天，認識了田農先生。二〇〇〇年，我曾專訪田農，文章一直沒有定稿，當然也就沒有發表了，常覺遺憾，其後多次和田先生在臺北見面，他從未問起，長者風範，更讓我汗顏了。

那一次專訪是在詩巫。我也拜訪了詩巫中華總商會的林子明文化館，發現了好多珍貴藏書，詩人田柯的《子夜詩抄》也在我借閱且影印帶回的資料當中，當下並沒發現田柯其實正是這幾天數度相聚的田農，好多年它沒得到我特別關愛，只靜靜立於一排砂華書中，一直要到田農《熱土》出版，我在吉隆坡商務印書館購得，在田農自序和吳岸的序中才知道，我一連幾天細細比對這兩本相隔四十幾年的詩集，覺得熱愛砂拉越的田農，詩風頓挫中含著悲情。

田農在《砂華文學史初稿》（砂拉越華族文化協會，一九九五）中指出，一九五六到六二年是砂華文學的成長期，亦即所謂「反殖運動時期」，「文學創作逐漸繁榮，寫作人輩出」，尤其是詩歌領域，田農在十餘位詩人的名單中也列了他自己，卻沒隻字片語。該書的副產品之一，《馬來西亞砂拉越華文詩選》（一九三五—一九七〇）（砂拉越華文作家協會，二〇〇七）在四十一位詩人中也收入了他自己，選詩六首，〈導言〉中，引述黃妃《反殖時期的砂華文學》（砂拉越華族文化協會，二〇〇二）對田農的評語，說田農「以其特有的文學表現刻畫了自己的心事和孤獨飄泊的心境」。

田農顯然迴避自評，但他的妻子，小說家煜煜（李佳容）說：「我為這些篇章感動，主要還在於全書字裡行間充滿時代脈搏的跳動，閱後感同深受而牽動每根神經。」我們也讀得出他的感時憂國，他的控訴，和對於「曙光」的期盼。

本文擬經由詩作探討田農的砂拉越情懷，兼及他的香港印象和旅行中國之所聞見思感。

論文大綱存目如下：

一、前言：從《子夜詩抄》到《熱土》

二、砂拉越之夢

三、砂拉越的明天

四、在吉隆坡：為馬來西亞的明天而鬥爭

五、香港：這繁忙的街市

六、在中國：悠思著熱帶的家鄉

七、熱土上開出了和平之花

二〇二〇年五月三日補記

「砂拉越華族文化協會」及其他：專訪蔡增聰

蔡增聰簡介

一九五九年生於砂拉越美里省馬魯帝鎮，祖籍福建海澄。一九八〇年代初留學臺灣，畢業於臺大中文系。現任砂拉越華族文化協會執行秘書。本次訪問的時間是一九九七年十二月二日，地點在砂拉越詩巫。

成立與成果

李：很高興第一次到詩巫就能與您見面，也很高興能到砂拉越華族文化協會來參觀。首先可不可以請您簡單介紹一下砂拉越華族文化協會是一個什麼樣的單位？成立過程如何？到目前為止已經完成了哪些事情？

蔡：砂拉越華族文化協會是一個民間的華人組織，當初成立這個組織的宗旨，主要是因為我們深感過去整個砂拉越缺乏一個組織來推動有關砂拉越華人文化的發展工作，所以在一九九〇年，這個組織就正式註冊成立了。

由於文化的範疇相當廣泛，所以我們擬定了一些工作重點，其中一個要項，就是有鑑於過去砂拉越在華人歷史文化方面的資料非常缺乏，原來有很多這方面的資料，卻因為沒有受到良好的維護和管理而散落了，所以我們希望藉著這個組織的力量，能將有關砂拉越華人文化、歷史等各方面的資料都集中在一個地方，如此一來，華人文化歷史得以保留，而當學者、專家一旦需要時，也有一個地方可以提供他們參考和利用。除了資料的收集，我們還做一些文化推動的工作，包括主辦研討會、座談會，或者跟文化有關的一些活動，比如過去我們曾辦了幾次關於歷史方面的研討會，也做了一些古蹟維護的工作；除此之外，我們還成立了一個出版基金，專門協助砂拉越本地的華文作家出版他們的作品，而對於一些有志於砂拉越華族文化研究工作的學者，也不定期的提供他們許多便利及經費上的贊助。

聯繫與交流

李：到目前為止，您覺得在華族文化協會這個組織的運作、推動底下，在資料的收集及文化的推動、活動的贊助等等，有沒有什麼具體的成果？

蔡：首先我認為，華族文化協會成立之後，在凝聚本地文化工作者方面，已發揮了一定的作用，現在大家只要一提到文化研究方面，自然而然的就會想到華族文化協會，而每當要舉辦一些全州性的活動，也立即會想到由華族文化協會來推動。我個人認為，對文化協會來說，這是一個相當好的成果。

在資料收集方面，過去華族文化協會還沒成立的時候，每當人們要尋找或參考一些有關砂拉越華族文化的資料，都找不到一個適合的機構或場所來提供，當然民間也有一些私人的收藏，不過還是不夠完善。從成立至今長達七年的時間中，經過大家的努力，在資料收藏方面已有相當的數量，儘管在保管和分類方面還需要加強及更專業的管理，不過基本上，在搶救資料的遺失方面，華族文化協會已經有相當不錯的成效。

李：不過據我剛才觀察的結果，在資料收集的部分，到目前為止好像還不是十分豐富，有沒有想過要透過什麼樣的方式去增加收藏量？華族文化協會又是如何去發掘及取得民間珍貴的私人收藏？

蔡：華族文化協會現有的人力相當有限，不過我們除了正職的工作人員之外，還有許多的義務工作者在幫忙，這些人員都是來自組織底下的各個小組，說的清楚一些，就是在理事會底下設有五個小組，分別是藝術組、文學組、歷史組、習俗組，還有一個出版和翻譯組，這些小組的組員，一般都是邀請在華社對文化有興趣的人來擔任，雖然他們都是屬於義務性質，但在整個工作的推動方面，要是沒有他們的配合，推行起來可能就沒有那麼順暢。

在資料收集的部分，我們當然有許多的作法，其中一個方法就是通過華族文化協會底下的會員團體去運作。會員團體是由砂拉越州各省的華團所組成的，目前在九個省分中有七個都成立有華團組織，其中有六個省分的華團是屬於華族文化協會的會員，因此在工作推動及聯繫方面，都有相當密切的配合。

至於與民間資料收藏家的接觸，我們不厭其煩地向他們訴說華族文化協會的工作方向和目標，請他們將其收藏的資料捐贈給華族文化協會來保管，這是在資料收集方面其中一個作法。

李：可不可以再詳細的談一談與民間收藏家接觸的成果。

蔡：我想最大的成果，可以拿劉子政先生作為例子。我們都知道劉先生在砂拉越是一個相當知名的歷史工作者，他從五〇年代就開始收集有關砂拉越的剪報資料，還有東南亞各地的研究學刊及書籍等等。我們和他接觸之後，劉先生很慷慨地將其所有的資料都移交給我們保管，也由於這些資料的加入，華族文化協會所擁有的資源，不論在質或量上都增加不少。

除了這些之外，我們每年都會透過報章媒體或其他管道，向各地徵求一些資料，包括各會館的特刊或書籍；我們希望各省的華團組織能要求這些會館一旦有新的刊物出版，就主動寄送給華族文化協會，以便彙整及保留。當然這方面的工作還要繼續的呼籲下去，不過目前為止已有相當成效了。另外，我們每年都會擬定一些專題、計畫來做研究及收集的工作，今年這項計畫已經展開，就是向各地收集關於砂拉越的一些舊的歷史照片。

李：您剛才特別提到，有了組織之後，方便了對外的聯繫，一方面可以對各省華團和從事史料工作的學者進行聯繫，一方面又可以對州外，甚至國外的組織進行聯繫。接下來我想了解一下這方面的情形。舉例來說，目前在東馬或西馬，假如有一些研究大馬文化的學者、專家，或是在某個地方有人研究整個亞洲文化，這些人要如何去取得聯繫？另外在國際上，比如說香港、汶萊或是臺灣等，有沒有比較固定的機構或對象？

資料與研究

蔡：所謂的聯繫及交流必然是雙向的，在華族文化協會方面，我覺得要做的工作還很多，其中，包括提升我們各方面的條件，在這些條件都具足之後，才能談到和外界進行所謂學術交流的層面。

目前的聯繫，比較著重在資料及書刊交換方面。必須說明的是，我們在資料的收集上，比較著重於砂拉越，因此，如果外界對於砂拉越或是婆羅洲這個領域感興趣的話，華族文化協會盡可能的提供資料給予協助。

這幾年來，我們也嘗試跟臺灣、中國大陸或新馬各地取得聯繫，建立關係，當然這種聯繫就規模和範圍來講，還不是說很大，也還未達到所謂學術交流的層次。不過，我們目前的工作就是要讓人們注意到有這麼一個組織存在。我們常常出版一些書刊，並盡量把這些書刊寄送給各個單位，同樣的，我們也希望這些機構，只要一有出版作品，也能寄給我們。通過這樣的一種交流方式，逐漸的，等到華族文化協會本身各方面的條件都具足，包括具備了一些專業的學術研究人員，到時，我們就可以把交流的層次再提高，再多一些合作。

目前有一些來自臺灣的學者在做關於砂拉越的研究，也有一些團體固定和我們在刊物上互相交換。整體來說，目前這種聯繫方式的效果，還不是很顯著，但我相信有朝一日，當婆羅洲的研究，開始受到外界的注意時，自然就會有更多的團體和華族文化協會接觸。

李：剛才您提到華族文化協會時常舉辦一些研討會、座談會，或是不定期的出版一些刊物，提供研究者的贊助計畫等。有沒有比較具體或是比較固定的項目正在持續地進行？還有就是近期有沒有舉辦一些討論會或座談會的計畫，可以跟我們分享一下？

蔡：在砂拉越州政府的贊助之下，每隔五年都會舉辦一次「華人文化研討會」，這是一個屬於全州性的文化研討會，到目前為止已經舉辦過兩屆，首屆是在一九八八年舉行，一九九三年也辦過一次，下一次就要到一九九八年了。除此，華族文化協會還有其他的計畫，但受到經費及人力上的局限，大規模的活動暫時還無法展開。

過去我們曾擬定一些研究項目，到現在都還在進行，由於涉及的範圍相當廣泛，並且要進行全州性的調查工作，必須花費相當長的時間；另外，我們近期希望對於日據時代的狀況進行口述歷史的工作。

目前有一些省分在進行地方史料收集及整理方面的工作，好比之前我們提到的幾個省分，如詩巫，就已經完成了一本《詩巫華族史料集》；在美里也完成了《美里華族史料集》，雖然這本書的編纂不是在華族文化協會下進行，而是由另外一個組織負責，但我認為這也屬於整體華人研究工作的範圍之內。其他還有城邦江，目前也已經編輯完成當地的華族史料集，也就是說在華族文化協會底下完成的已經有兩本了，一本是詩巫的華族史料集，一本是城邦江的華族史料集。我們希望其他各省也能進行這樣一個工作，那麼在不久的將來，每一個地方的華人，都可以有一部屬於自己的地方史。在其他方面，將來可能會進行一個在州方面的華人文化興革工作，比如說擬定一些習俗或是禮儀方面的規矩，讓本州社團能有依循的基本準則。在整個馬來西亞來說，全國性的興革工作，已經開始在進行了，不過有些方面可能還要顧及到地方區域性的不同。

運作與協調

李：您在華族文化協會擔任的是執行秘書的工作。就我到這裡的觀察，好像整個協會的主要工作都是由您來執行。是不是可以和我們談一談整個華族文化協會的結構問題？一些計畫是經由哪些會議討論通過或是出自您本人的一個想法，然後開始執行？

蔡：就目前來說，華族文化協會的成員是由六個省的華團所組成。這六個省的華團，依據其組織的大小，委派會員為代表，這些代表就成了華族文化協會最高的一個機構——會員代表大會。在會員代表大會底下，還設有一個理事會，它包含了來自各省的成員。實際上，整個華族文化協會的運作及政策制定上，都是由理事會來負責執行。在整個實際工作的擬定上，比如說今年有些什麼工作計畫，這部分通常是在每一年的理事會召開之前，先召開各個小組會議，根據小組成員的意見，把整年的計畫排定出來，整理之後，再與辦事處所收集的資料一同呈給理事會。經過理事會的討論，若計畫被接受，再交由幾個小組及辦事處配合著，實際去推行這些工作。當理事會在進行計劃的執行時，最常涉及到的還是經費及人力的問題。

我個人的看法是，有了華族文化協會的組織之後，要做的事情很多，在與外界交流之後，我們發覺到有很多地方需要改良及加強，但改良本身有其阻力，所以我們盡量在每年都做一些檢討的工作，慢慢把會裡各方面不足的或做得不好的部分加以改進，希望可以漸漸地帶動整個文化工作的進行。

當然，實際工作的推行，必然需要小組成員的配合和協助，我只是負責統合及協調。比如我們舉辦一個研討會，必須先開籌備會，而籌備會的主席通常是由小組裡面選出來的。

李：我想接著問一個問題。根據資料，我知道您曾到臺灣去讀書，當時在臺大就讀的是中文系。我想了解的是目前您做了那麼多關於砂拉越，甚至整個婆羅洲的文化工作，這需要相當高度的熱情及文化使命感，否則長期浸在資料堆中，做那麼多繁瑣的行政工作，實在是非常辛苦，我想沒有很大的熱情是無法做這樣的工作。這部分和您自己在大學裡面所接受的訓練，有沒有一些關連性？或是說您自己覺得目前所做的工作是不是學以致用，還是說有其他的原因逼得您非走這條路不可？如果有更好的工作機會，您會不會繼續做現在這個文化推行的工作？

理想與現實

蔡：我認為那幾年在大學就讀所受的訓練，對我的一生有相當大的影響，尤其在臺大那段時間，提供了一個在過去我還不能那麼深切感受的人文環境。在這種人文氣息的薰陶下，自然而然的讓我覺得，「人」除了現實生活的考慮之外，還有一些東西是值得追求的。我本身念的是中文系，中學階段其實受的是英文教育。我從中學開始，就一直有讀中文課程，後來到了臺灣，進入臺大中文系，讓我感覺到彷彿進入了另外一個新的天地。

畢業之後，我回來教書，剛開始，滿懷著使命感，想把在大學中所學，所有的想法都傾囊相授，毫無保留的傳授給學生，但現實的環境不一定和我們想像的一樣，大部分的學生，都希望你在課堂上能教他們如何應付考試，對於課本以外的東西，就沒多大的興趣。

當時，我也想嘗試做一些文學方面的研究工作，不過在砂拉越這個地方，條件及環境都不允許我再繼續走這條路，因為在文學研究方面，儘管再怎麼樣去做，都不太可能超越臺灣、大陸。因此我就轉向歷史方面發展。我本身在大學的時候就對歷史很有興趣，尤其在中國文學系中一直強調「文史不分家」，許多出色的歷史著作，如《史記》，同時也是優秀的文學作品。

在學校教了幾年書之後，開始覺得要應付很多的事情，晚上還要備課和批改作業等，對自己的興趣好像越來越不能兼顧。這使我開始想要轉變生活的方式，曾想過要到外地繼續深造，過一種新的、不一樣的生活。剛好當時華族文化協會成立，我覺得它的工作方向和自己的興趣相吻合，能將工作和興趣結合，是一件非常幸運的事，尤其在整個資料收集及閱讀的過程中，發現很多的東西都和我們生長的地方息息相關，便覺得收穫良多且很有成就感，所以我就來到了華族文化協會。

不過身為人，就不能不考慮到現實的層面，現實和理想真的很難「魚與熊掌兼得」。目前來說，在這個工作崗位上，我是盡量把它做好，但如果你問我是為了生活還是為了興趣去做這樣一個工作，我覺得兩者都有。不過，我覺得誠如你剛才所說，鎮日在字紙堆中工作，如果沒有興趣的話，會是一件十分累人的事，而且資料收集的工作本身，必須對這些東西有所認識，否則也是無從進行的。

李：到目前為止，您在華族文化協會也有一段時間了，長久以來，除了行政上的溝通協調之外，也直接面對這些材料本身。而您在大學的時候，也受過非常專業的文史訓練，到目前為止，您自己本身有沒有一些研究的計畫？

蔡：這幾年，我個人除了替華族文化協會著手進行資料的收集，也藉著工作之便，對自己所喜歡的領域，進行一些整理的工作。尤其在華人的歷史方面，我大量閱讀所能找到的原始資料。

在砂拉越的歷史研究方面，有一個特別值得注意的地方，就是過去以中文撰寫的著述，都比較偏重華文方面的資料，但是砂拉越早期的歷史資料，很多是用英文書寫成的，這方面我想是該花些時間去翻譯及整理。我剛才曾提到過去很多的中文資料，尤其是歷史，還有許多需要解決的難關及問題，但大家往往忽略了在英文資料裡面可以找到一些能作為旁徵或是解決問題的資料。

在整個的閱讀過程中，我主要集中在華人史方面，因為我覺得華人歷史在砂拉越來講，還有很大的開拓空間。如果將來條件或時間允許，我可能會嘗試做一個專題，就是關於早期華人跟殖民政府的一些互動關係，因為我覺得過去華人在砂拉越的開拓史一直為人們所忽略，而當時就貿易和經濟方面來講，華人對整個拉者皇朝的興盛與否，十分具有影響力。基於這點，我也想研究在英國殖民時代與拉者政府統治時期，政府和華人之間的一種依從關係。至於一些已有許多學者在研究的課題，如石隆門華工等，這當然也可以再去做進一步的研究。總之，我希望能用一種客觀的立場去看，並重建歷史的事實。

除了這個工作，我覺得還有一個可以做的事，就是資料的翻譯工作。有很多的英文資料隱藏在文獻中，而這些資料都與早期的華人歷史有關，若能將這些資料摘錄出來，將其翻譯及分類整理，就能提供給國外或本地的學者更多的參考。比如說在砂拉越博物院中有一個檔案館，裡面收藏了許多早期的書報，其中最早的是《砂拉越憲報》，從一八七〇年就開始出刊。其中有許多關於華人方面的資料，但都沒有受到人們的重視及利用，這主要是因為一些研究工作者比較習慣使用中文資料。所以若能將這些資料翻譯成華文，並將它重新出版，那麼對將來研究砂拉越華人史的工作者，包括臺灣、大陸的學者來說，應用起來會更加的便利。

李：目前來看，在砂拉越華人歷史的研究方面，包括華人在政治、經濟等和當地政府的關係上，您有研究的方便性，再加上您自己曾受過的英文教育及文史的訓練、對土地的情懷，應該可以有一個明顯的研究主題及方向。在這種情況下，您對自己有沒有一種期待，希望能成為這個領域中專業的學者？

蔡：我個人並沒把目標放得那麼高，我總覺得從事歷史工作，主要還是要有興趣及一種使命感，倒不是想用它來作為建立個人在某一學術領域的專業地位，而且我自認還缺乏這方面的條件。不過，重要的是在從事研究工作的時候，結交了許多志同道合的朋友，彼此相互討論及激盪，在這種學術風氣影響下，相信可以造就一批文化工作者或歷史工作群。

近年來，我們有許多從文史系畢業回來的同學，可惜大多並未投入砂華歷史的研究工作。至於我本身，是期望透過這樣的進修跟大量的資料閱讀，將來能寫出一、兩本有關砂拉越華族史方面的書，希望能為史料的保存多做一些努力。

李：您出生在美里省地區，現在在詩巫工作，也定居在這裡了。同樣在砂拉越，詩巫和美里，在所謂的文化情境上應該是很接近吧！

蔡：同是在砂拉越，這兩個地方並沒有很大的差別。在詩巫，我可以因著對文化工作和資料收集的熱愛，而結交到許多志同道合的好朋友；至於美里，我在那裡生活的時間並不長，對那裡有些生疏，談不上真正的了解，不過畢竟是自己生長的地方，還是有感情存在。我倒希望有機會可以回到故鄉馬魯帝，進行一些歷史考察的工作。

另外，關於你剛才提到成為專業歷史學者的問題，我有一點要補充，這涉及到我個人史學經驗的問題。我是中文系出身的，所以在史學訓練方面，還有很多地方需要加強及充實，畢竟無法和真正歷史系出身的學者相比擬。

文藝與社會

李：第一天到詩巫來，大致了解了這邊的環境。剛剛我翻了一下你送我的這些書，內容非常的豐富。可不可以請您說明一下，如果砂拉越有一個所謂的「文壇」，你覺得這是一個怎麼樣的文壇？在這個地方有一些社團、一群從事寫作的文字工作者，有報紙副刊，還有書局及協會協助出版書籍，已經可以說是一個自足的文學社會。對這樣的一個文壇，可不可以簡單的為我們描述一下，特別是詩巫的情形？

蔡：有人說砂拉越是一個「文化沙漠」，或是「文藝沙漠」。不過這幾年有一個特別的說法：詩巫是華族文化的重鎮。這當然有其因素存在。詩巫這幾年的社團活動，在砂拉越來說，比州內其他地區活躍，活動的內容可以說是各式各樣。不過就文化層面而言，這十幾年的確有一個相當令人喜悅的現象。我們不能用臺灣或是香港的角度來要求這裡的文化層次，因為這裡沒有一些大學機構，在推動方面，甚至可以用「慘澹經營」來形容；比如說要舉辦一個研討會，就得先解決經費問題，經費在哪裡？有沒有人出來贊助？不過，在這種環境之下，還是有一批人願意在本身的事業及工作之餘，去做一些文化推動的工作，我覺得十分難得。基本上，整個社會來說那麼小，來來去去都會認識，所以彼此都相當能夠配合。

在這裡還有一個奇怪的現象，就是在書籍出版方面，在詩巫這個小地方，除去社團的刊物不講，每一年總會出到七、八本書，對這樣一個小社會來說是相當難得的。

以副刊來講，以詩巫為根據地的兩家華文報——《詩華日報》跟《馬來西亞日報》，裡面的文藝副刊都維持了相當長的時間。我們先不論整個副刊作品的水平如何，光就它能一直維持下去，就表示在詩巫有一群不管是出自興趣或是對文化的熱愛，都不停寫作的朋友在努力著。在這種情形下，必然會出現一些比較受到肯定的作家。

李：我想時間也差不多了，今天非常感謝您抽空接受我的訪問，我們的對話就到此結束。

（陳宛蓉記錄整理）

——發表於《中央月刊．文訊別冊》第一四九期，一九九八年三月，頁六五～七十。

重讀李永平《拉子婦》

榮獲一九七九聯合報小說獎第一獎的〈日頭雨〉，其作者是從馬來西亞到臺大讀外文系而今在美國華盛頓大學攻讀比較文學的李永平，最近由於他的得獎，我又重讀了他在一九七六年八月出版的《拉子婦》（臺北：華新出版社），和以前一樣，讀完了之後的震撼久久不能抑止。

《拉子婦》是李永平的第一本短篇小說集，包括以下的七篇：〈拉子婦〉、〈支那人——圍城的母親〉、〈支那人——胡姬〉、〈黑鴉與太陽〉、〈田露露〉、〈老人與小碧〉、〈死城〉。另外附錄了作者的老師顏元叔的一篇短論〈評《拉子婦》〉，小說集封底對作者的贊詞說得不錯，這七篇小說是「風格特異，篇篇可讀」，值得為文向讀者介紹。

一、

除了〈老人與小碧〉的背景相類於臺灣本島的漁村，《拉子婦》集中的小說充滿了異域色彩。所謂「異域」，我們從作者的出身以及小說顯示出來的種種跡象，可以確定是作者的家鄉——馬來西亞，在自己熟悉的地域擇取素材，李永平指出，離鄉背井的海外華人所曾遭遇到的一些困境，包含忍痛離開本土的放逐心態，濃郁的鄉土懸念，以及種族差異所造成的衝突等等題旨，在以下的論述中，這些問題將被當做議題來討論。

首先讓我們來看：李永平筆下這群華人，究竟是懷抱著什麼樣的心情遠赴異域謀生？傳統的華人普遍都存在著一種心理：安土重遷，縱使是在極無可奈何之下遠離了自己的鄉土，亦都存有葉落歸根的祈望，譬如〈田露露〉一篇中，在田家瑛悲痛的追憶裡，那瞎了眼的流浪漢，「嚥氣前請求爺爺把他的屍骨送回家鄉，葬在家鄉的石榴崗上」；而田家瑛的爺爺，在「閉眼前他還一直惦著那瞎眼流浪漢的骨灰要運回家鄉」。這種願望具有相當的普遍性，既是如此，為什麼又情願往外飄泊呢？總說一句，是無可奈何：

家鄉年年鬧荒，月月驚兵。一場內戰打下來，死人堆成山高……沒奈何，便跟鄉親們結伴千里迢迢，飄洋過海走南荒。（〈田露露〉）

以前在家鄉的時候，家裡連一塊葉子大的田地都沒有，靠著耕種別人的田過日子。剪了辮子後不久，一隊軍隊經過我們的村子，把剛收割的穀子搶去。家裡交不出租

來，被逼得走頭無路，父親這才狠著心離開家鄉到這番地來。（〈支那人——圍城的母親〉）

離開家鄉是「沒奈何」，是「被逼得走頭無路」，歸根究柢是由於戰亂，是由於年荒，「剪了辮子後不久」暗指民初，「內戰」應指民初軍閥的混戰。近代的中國，自從鴉片戰爭以後，可以說沒有一刻安寧，甚至於推翻了滿清的專制王朝建立民國以後，驕恣的軍閥和野心的政客仍把國家搞得污煙瘴氣，隨後便是日本侵華，中共奪權。其間，戰禍不斷，百姓流離失守，在這種情況下，安土重遷的農民便不得不鋌而走險，飄洋過海遠赴他們觀念中的番地了。

遷徙是為了求生存，他們已不像三保太監「率雄大之舟師，越浩翰之中國海」（〈田露露〉）那般威武而優越，也不像近來赴美國移民情況。在田家瑛的記憶中，那瞎眼的流浪漢曾向她「訴說那萬里流徙，那一步一回頭，望斷千山萬水」，「爺爺又看見同船的鄉親們，一個個用鐵鍊鎖著，被折磨得不成人樣兒」，流徙過程中的苦痛以及種種的艱難險阻，在在都需要最大的勇氣去克服，畢竟中國人是具有高度韌性的，他們吃苦耐勞，正如同郭衣洞在他的短篇小說〈峽谷〉中所說「中國人是世界上最奇怪的一個民族，能在隨便什麼地方活下去」，就憑著這種性格，李永平筆下的華人，在千辛萬苦中，在異地重新建立了他們的家園：

> 我忽然想起，父親和鄉親們剛來的時候，只憑著一雙手，一把斧頭和一柄鋤頭，就在太陽底下將荒開起來，後來建立了一個鎮市。（〈支那人——圍城的母親〉）
>
> （張老爺說）早年他跟我爺爺到這來開荒時，是靠著一把斧一把鍬，一滴血一滴汗的。熬了兩三年，才把親眷從家鄉接過來。（〈黑鴉與太陽〉）

遷徙、墾荒，受苦受難的是上一代，李永平在小說中著墨不多，但僅只在當事人的追憶中已可見一斑，後代子孫或許會把這個歷史給遺忘，但李永平沒有，他在處理現實世界的過程中留下了證言。

根本上這是民族的悲劇，在〈田露露〉中，作者把這種遷徙和鄭和下西洋做了強烈的對照，先前的拓植何其輝煌，而如今呢？李永平給出他的歷史認知，教我們感嘆：中國啊中國，你那迎著朝日飄舞的黃色龍旗呢？

二、

易地生根，不只是在現實生活當中有種種的翻騰與折磨，而且濃烈的飄泊感使他們愈加懷念所來自的鄉土，形成了一種內心的煎熬。田家瑛的爺爺常對她說：「那老遠老遠的地方，水跟天相連著看不見的地方就是我們的故鄉。」說話時，那「捻著花白的鬍子，凝視著那老遠老遠的地方」的狀態所包含的內在心態是很明顯的，即連〈圍城的母親〉中的敘述者「我」——一個已經到娶媳婦年紀的青年，他離鄉時才五歲，而在十幾年之後伴著母親逃難（當地土著拉子因饑荒而暴亂）的過程中，心裡猶在想著「倘若它們不斷地向北方流去，是不是會有一天漂到家鄉去？」上一代和下一代對於家鄉的感情顯然是有些差距，但有懸念則沒有什麼不同，這個在中國傳統文學中被視為相當重要的一個母題，李永平雖未刻意去表現，但是含不盡之意在於言外，頗令人深思。

而令李永平最最關切的應該是這群華人定居異域之後的諸多問題，這些勢必會發生而且已經發生過的事實，包括了種族的歧視與對峙，以及在僑居之地的戰亂中，他們所曾面臨的遭遇。當然作者不可能提出解決問題的途徑，但對於現實的反映以及隱約提出來的批判，卻未嘗不能發生作用，至少讓我們能夠了解在南洋之一隅曾有我們的同胞流過血流過淚，在馬來西亞如此，在其他地方何嘗不會有相類似的情況，他們的苦難和中國百餘年來的命運息息相關，沒有中國的苦難，他們又何須如此艱辛地生活著。

戰亂的發生是〈圍城的母親〉、〈黑鴉與太陽〉、〈死城〉三篇小說情節進行的導因，前者是當地土著拉子因久旱饑荒所發起的暴亂，後二者很可能是政治性的，因作者沒有交代，我們亦不用揣度，但從小說中可以知道，那是華人和馬來西亞軍隊的對峙與抗爭，和拉子的暴亂一樣，根本上是屬於華人直接被迫害的問題。

在落後地區，久旱成災原是人類所難以避免，而拉子們竟因飢餓而瘋狂地燒殺掠奪，在河上游肆虐的拉子，「將一條街上的十多間店鋪放一把火燒了」，「有幾個中國店家被砍死，頭被割了去」，何等悽慘！最後拉子們掄著長刀斧頭，「將城圍了起來」，這個城是敘述者的父親和鄉親千辛萬苦建立起來的，「一個拉子和馬來人心眼裡的支那鎮市」，現在城被圍了，恐怖的氣氛籠罩住每一個人的心頭，為了活命，他們逃難了，而敘述者的母親——一個偉大的華人婦女，卻表現了另一層次的鄉土眷戀，冷靜、沉默而勇敢，小說的結局是他們母子在逃難途中毅然折回家園，英國警官告訴她：「我們把拉子趕走啦。」與其說拉子是被警察趕走，倒不如說是敘述者的母親以其沉著無畏的精神化解這場災厄。

在〈黑鴉與太陽〉中，由於游擊隊與馬來軍隊的抗衡，又因游擊隊中有華人，一般百姓小民的心傾向游擊隊，視馬來軍隊為番兵。在這種情況下，他們的行動自由遭受約束，最後敘述者「我」的母親（想來仍是頗有風韻，她有一把烏亮的頭髮，又懂得保養肌膚）

被進屋來歇雨的番兵強暴了，真是禍從天降；不止如此，張老爹、敘述者也都遭殃了，「槍托擂在我腦門上，血滴下來，灌滿我眼睛」，這不是民兵衝突，而是強凌弱、種族迫害，是人的尊嚴與價值被否定的一個課題。

游擊隊的組成分子不可知，其組成因素亦是個謎，但從學堂裡的兩位老師亦參加游擊隊，一位男的叫巴英銓，一位女的叫何家琴，都是華人姓名，而且教音樂的何家琴會教敘述者「我」唱中國兒歌「我家門前有小河」，可以確定她是華人；又在〈圍城的母親〉中提到「北老坡中華公學」，公學禮堂大門上大匾的金色大字是國內人題的，公學的地大半是敘述者的母親捐獻的，從這裡可以知道，這兩篇小說中的公學是當地華僑興建供子女受教育的學校。

而左莊沙家一門二十一口被巴英銓、何家琴等游擊隊開火掃射得乾乾淨淨，這不是單純的中國人自相殘殺的問題，因為根本上這是一種懲罰，「沙家是軍隊的線民」，對於自己同胞的通敵直接危害到游擊隊的安全，當然這次的懲罰行動使得巴、何等人暴露了身分，巴被抓而遇害，學堂也被軍隊封了起來，最後將演變成什麼樣的結果不得而知，但可以確知的是，中國人將遭受更大的迫害。

站在敵人那邊的華人，有如沙家作為軍隊的線民；亦有如〈死城〉中的敘述者第一人稱「我」被呼為「走狗」。

「死城」是一個恐怖紊亂的世界，在「我」的幻境中展現，基本上這是處理上面所說的「懲罰」問題。這個「我」是華人，卻和番兵（馬來軍隊）有相當密切的牽繫，小說自始至終都是「我」乘在「他」所駕駛的車中行進。在「我」的觀點中，「他」是「一個夢魘中的僵屍」，「他的雙手沾滿了鮮血」，應是個馬來軍官，或許便是文中所提到的「亞邦蘇來曼」，這個角色在〈黑鴉與太陽〉中亦曾被提及，但未出場，是個中尉，而在此篇中，他雖出現卻是個啞靜角色。

一路上血腥遍地，很可能是剛有一場戰亂發生過，透過「我」的意識流動，死者中有華人，亦有番人，而這些人的死是馬來軍隊的傑作，在「我」的幻境中，他被冤鬼指責為「唐人狗」，是「番鬼的走狗」，雖然他一再的自辯「我從來沒有殺過人，我的雙手是清白的」，但他幻象中索命的冤鬼瘋狂的叫囂，卻令他感到極度的不安，彷彿已真是身陷鬼魅魔界，這顯示出他已意識到與殺人兇手並列的可悲與可恨，既不能狠心做自己同胞的敵人，又無法與自己的同胞並肩對抗惡勢力，此人的軟弱性格暴露出來了。李永平在結尾處寫出「忽然間，我們的眼前一片光明」，我認為是相當不智，雖然這很可能是現象敘述，但若能使他繼續在痛苦的深淵掙扎，或是讓他覺悟自己行徑的荒謬，或許更能顯明主題意識，與撼人力量，那樣有意義多了。

三、

另一個被作者關心的課題是異族之間的愛情與婚姻，〈拉子婦〉、〈胡姬〉兩篇正面觸及這個問題，從篇名我們也能看出一點端倪，拉子婦是指拉子女人，胡姬的「胡」意指非我漢族，「姬」則指女人，以華人立場用小說去經營外族婦女的問題，必得是在彼此之間有所交通的情況下始能奏功，而事實上也是，兩篇都是環繞異族通婚而作。

在〈拉子婦〉中，敘述者第一人稱「我」的三叔由於在拉子聚集的山中做買賣，娶了一個拉子女人。當三叔把妻子帶回家中，這拉子婦所遭受到的歧視與侮弄，成了這篇小說很重要的一部分，尤其是有傳統風味的祖父，聽說他的三兒子「娶了一個土婦，便赫然震怒」，認為兒子「玷辱門風」，要「逐出家門」。事情是如此嚴重，但三叔還是帶著妻子重返拉子村去了，顏元叔以為這是「性的引誘可以抗拒社會壓力」，但問題並非如此單純，因素是複雜的，我以為其中真有愛的存在，而愛情當中又夾雜許多現實的利害關係，因為三叔長時期在拉子村活動，必然會有許多現實因素使他做了這樣的抉擇。而最後（前後的時間僅有六年）在敘述者的眼中看來，先前年輕貌美的拉子婦，如今已成了「蹲在鋪前曬鹹魚的老拉子婦」；原先「她解開衣鈕，露出豐滿的乳房，讓孩子吮著她的奶」，而如今那個大乳房呢？又瘦又小，乳頭並已乾癟，當敘述者和二妹看到三嬸從下體流出一大片暗紅的血，要求三叔送她去藥房，三叔表現出的絕情與不可理喻令人扼腕，她終於連同三個孩子一起被遺棄了，她終於悽慘無言的死去了。

三叔最後之所以迫害起拉子婦來，迫害是由於種族歧視，但在迫害之前必定有愛意的消失一段過程，而愛意的消失則起自日常生活，小說中雖沒有交代，但我們是可以想像的。

〈胡姬〉是處理一個華族老人和年輕拉子女人之間的結合，根據作者在小說末尾的附誌，胡姬就是蘭，野生之胡姬多攀附老樹而生。所以這篇名本身就是個暗喻，喻旨是依附華族老人的年輕拉子女人，篇中「胡姬」意象不斷出現，那老樹上的胡姬彷彿便是她的化身，當「那一簇簇的胡姬，承受了一夜的雨露，出落得異常的嬌艷」，她的心情總是感到莫名的喜悅；當豪雨不來的苦旱季節，胡姬失去嬌艷的神采，變得憔悴不堪，那時她常獨自看著它，半天一動也不動。「雨露」和「乾旱」皆是雙關意象，因為老人如今已經「不能像年輕時一樣的放縱去做混江龍了」。而最令她感到難過的是老人的兒子與媳婦帶著兒女來時，總是勸老人離開拉子女人一起去城裡同住，這次的來意亦不外乎此，以故小女孩要摘胡姬之花，在拉子婦的思維中便有了這樣的感念：這趟他們一定要把滿樹胡姬摘得乾乾淨淨，讓老樹孤伶伶的沒人作伴。老人的兒媳對她的歧視從眼神中流露出來，她傷心地準備行囊打算離去，「一朵怒放的胡姬忽然從老樹上飄落下來，在盈盈的水流中旋轉，十分自在」。但是老人究竟是不喜歡城市，究竟是愛著年輕的拉子婦的，這種愛中含有彼此的互相需要，互相憐憫的成分，比起〈拉子婦〉中的三叔之於三嬸，令人覺得可愛多了。

華人易地生根和當地土著的結合，這兩篇小說中所指出的應是常見的，幸與不幸，端視當事人在其中持以何種心態而定，而拉子婦總是默默地接受命運的安排，不怨天不尤人，不敢去爭取應有的權利，那應是一種種族自卑心理所致。

上面兩種異族男女的結合，發生在偏遠地區，整個背景相當落後，角色也都是鄉土式的人物。而到了〈田露露〉一篇，場景移至了市區，男女主角的身分地位稍微提高，而且性別轉換了，變成一個華族女孩和英國的鄧遜警司，看來這兩位要結合是很困難，而且彼此之間的情愛成分相常稀薄，尤其是田露露（露露是田家瑛的洋名），絲毫沒有表現她的愛意，相反的她的態度有點冷淡，甚至於當鄧遜帶田家瑛回宿舍，兩隻溫熱的手搭在她的肩膀上，「她感到一陣嫌惡」。大部分在一起的時間，她沉浸在童時的回憶中，以及反覆的為中國而深深感傷，男女關係在這篇小說似乎成了田家瑛祖國意識與童年經驗的陪襯，這是否也代表流著華人血液的華社知識女性內在世界一種普遍的現象，我不知道。

補記

我在一九七九年完成這篇五千餘字書評的時候（《幼獅文藝》三一六期，一九八〇年四月，原題〈重讀《拉子婦》〉，略修），對於馬來西亞所知有限，全篇沒提到砂拉越；一九八〇年代之初執編《新加坡共和國華文文學選集》時，閱讀許多與新馬史地有關的書，沒有特別關注東馬砂拉越；一九九〇年代，多次赴馬，比較多的時候在吉隆坡，但南邊的馬六甲、麻坡、新山，北邊的雙溪大年、檳城，也都去過，但不曾想過要到東馬。

一九九七年十一月，我應邀到砂拉越詩巫演講，從吉隆坡飛古晉轉詩巫，古晉是李永平的出生地，我過境而已；真正踏上人稱貓城的古晉，已是一九九九年，那是我巡迴砂拉越演講（民都魯、美里、古晉、詩巫）的第三站，我在這裡的講題是「婆羅洲之子——從李永平的少作談起」，朋友還特別帶我看一眼李永平就讀的中華第一中學。

《拉子婦》之後，李永平於一九八六年出版堪稱代表作的《吉陵春秋》，我在《文訊》第二十九期（一九八七年四月）策畫了一個專輯「『吉陵』是個象徵，『春秋』是一則寓言——綜論李永平的《吉陵春秋》」，發表編輯部〈李永平答編者五問〉（封德屏提問）、蘇其康〈李永平的抒情世界〉、曹淑娟〈墮落的桃花園——論《吉陵春秋》的倫理世界與神話意涵〉。

爾後，李永平展現其巨大且持久的創作力，《海東青》（一九九二）、《朱鴒漫遊仙境》（一九九八），以及合稱「月河三部曲」的《雨雪霏霏》（二〇〇二）、《大河盡頭》（上，二〇〇八；下，二〇一〇）、《朱鴒書》（二〇一六），皆氣勢磅礴之作。其間，我在中央大學指導碩士生陳建隆完成〈落失的行旅者——重繪李永平的小說地圖〉（二〇〇七）、李宣春完成〈李永平婆羅洲書寫研究〉（二〇一三）。

二〇一六年，在臺灣，李永平獲國家文藝獎、臺大傑出校友、金鼎獎（《朱鴒書》）以及我擔任主任委員的全球華文文學星雲獎之貢獻獎，證明他是華文世界的大文學家。

二〇一七年，他的武俠小說《新俠女圖》於《文訊》連載未完而卒，我出席了他的告別追思會。

二〇二一年十一月補記

——原載《幼獅文藝》三一六期，一九八〇年四月；收入拙著《披文入情》（臺北：蘭亭，一九八四）。

《婆羅洲之子》：李永平的第一本小說集

我最早評論的臺灣現代小說是陳映真作品，那時他的《第一件差事》、《將軍族》剛由遠景出版不久（一九七五），我又影印了一本香港為他出版的小說選集，一個朋友為《臺大青年》向我約稿，我寫了一篇很長的評論，不只未見刊出，稿件也不知所蹤。

大約同時，我也開始讀七等生和黃春明。服役期間（一九七八～一九八〇）大量閱讀小說，並且在現代詩評論之外，開始分析小說。一九八〇年四月，《幼獅文藝》發表我一篇〈重讀《拉子婦》〉（收入拙著《披文入情》，臺北：蘭亭，一九八四），起因是作者李永平以一篇〈日頭雨〉獲得當年聯合報小說獎第一獎，讀後頗為喜歡，乃重讀他在此之前四年出版的《拉子婦》（臺北：華新，一九七六），「讀完之後的震撼，久久不能抑止」。

稍後不久，我為柏楊編《新加坡共和國華文文學選集》（臺北：時報文化，一九八二），初涉星馬有關文獻，一九八〇年代後期開始踏上南洋土地，十餘年後發現砂拉越華文文學，終於到了拉子婦的家鄉，距離初讀李永平小說已二十餘年矣。

跨世紀之交，我曾兩次訪問砂拉越，其中有一次巡迴全砂演講，一次赴詩巫（Sibu）

定點考查，兩次都拜訪砂拉越華族文化協會，印回不少珍貴資料，其中最高興的莫過於找到李永平在婆羅洲文化局出版的《婆羅洲之子》（古晉，一九六八；香港，友聯印刷廠承印）。

該書的版權頁上註明「本書乃一九六六年度徵文比賽獲獎之作品」，是一篇約四萬字的中篇，分成五節，達雅民族用語加註十四條，附有三張插圖，全書七十九頁。書末有一頁〈作者簡介〉，說一九四七年生的李永平出生於古晉，交代了他的學歷，說「他已十八歲」，「一九六七年赴臺深造，攻讀外文」；對於本書，則有這麼一段介紹文字：

> 作者認為他只有一點生活經驗，並且對達雅民族的認識不夠全面和深入。所以他恐怕《婆羅洲之子》不是一篇成熟的作品。但從他開始學習寫作起，他就希望能為他們寫一點東西。因此他大膽地寫了這個發生在長屋的故事。希望大家分享他們的喜、樂和愛，分擔他們的哀、怒和恨，願大家也熱愛他們。並請大家給他指正。

他為達雅族而「寫了這個發生在長屋的故事」。小說中第一人稱「我」（大祿士）是開鋪子的華人和達雅女孩所生的「半個支那」，因此而展開一連串達雅（即拉子）內部恩怨情仇及種族衝突，其中就有「拉子婦」，華人的種族歧視也非常明顯，和後來寫的《拉子婦》情況相近。

小說主要場景在達雅長屋，亦及華人鋪子，雖也寫歧視、詐欺、仇恨，但重點在於「我相信有一天，沒有人再說你是達雅，他是支那了。大家都是在這塊土地上生活的」，「我們都是婆羅洲的子女」。

《拉子婦》中，作者以華人為視點，對於卑微的拉子婦充滿悲憫同情，對於因饑荒而圍城暴亂的拉子有所譴責；《婆羅洲之子》比較上是達雅觀點，具有族群融合的理想，顯得有那麼一點浪漫色彩，但不管怎樣，它讓我們清楚認識青年李永平的寫作才情，其後寫出《拉子婦》，乃至《吉陵春秋》等優質小說，似乎是順理成章的事。

——原載《藏書之愛》第四期，二〇一四年十二月。

風就是我，我就是風：我讀《坐看風起時》

一、

游思明先生是大馬砂拉越州詩巫省的名醫，由於出生於文人家庭，在成長過程中耳濡目染，加上勤於閱讀，自幼便顯現出文藝方面的才情。一九六〇年代末來臺就讀臺大醫學系的前二、三年，去國懷鄉，只能藉著織句裁章，解幽居之悶，抒離別之情，因而寫下一些作品，是標準的文藝青年，可惜其後因各種主客觀因素而停止在文學方面的追求，一直要到一九九〇年代的中期，他才重拾舊筆，面對詩巫的歷史與現實，或敘或議，向世人宣告一位醫生作家的誕生。

他在報上寫專欄，用的筆名是「風生」，首次結集以《昨日的風采》為書名，一九九七年六月列入砂拉越留臺同學會詩巫分會的「留臺人叢書」，我在當年十二月初應該會之邀初訪詩巫，見到游醫師，並獲贈書。我因此能在《昨日的風采》中，見識到他的筆力，以及他對人間事物（特別是詩巫）的愛和參與。

最近他要出版第二本集子，仍以「風生」署名，書名是《坐看風起時》，內文分輯，標題皆有「風」字（風流年少、風花雪月、風生再起、風聲小小、風人風語），看來要了解游醫生及其文章，「風」應是最好的切入角度。

二、

風是大氣之動，有大有小，有強有弱，有方位之異與季節之不同等。而不管什麼樣的風，有風就要停，民間所祈求於神明的「風調雨順」之「調」即是此意；雨也是一樣，要「順」，最重要的是得其「時」，久旱不雨，肯定鬧饑荒；大雨大雨一直落，必然鬧水災。

以上這段話出現在我去年出版的自傳體散文集《有風就要停》中，鄉下的孩子在成長過程中接近自然，感應自然的經驗比較豐富，我和游醫生在這一點相類似，不管他之所謂「風起」，或是我所說的「風停」，皆長期觀察、體會之後所認定的自然法則，其中包括對於自然的期待以及對於自我的期許。

「坐看風起時」顯然轉化自王維詩句「行到水窮處，坐看雲起時」，但由「雲」轉「風」，原有的閒適自如則變成風起雲湧、幻化不定，同樣的「坐看」，意味也就全然不同了。

作為一位市鎮的醫生，游醫生長期面對人的生命之生老病死；作為一位積極參與社會的市鎮知識分子，他長期關注自己生於斯長於斯的家鄉之變遷；作為一位華族文化人，他長期感受文化衝突及調節適應等問題。因此，不論坐於書齋，或是行走在詩巫街道，他之所「看」，顯然就是詩巫的政經及民情之風雲變化。

然而，這就是留臺、留英，飄泊經年之後返鄉行醫多年的游思明，從青年到壯年，半百人生的融鑄鍛鍊，既已知天命，則自處之道無非順性而已了。

我特別注意到游醫生用「風生」筆名發表作品，最早是在一九七〇年，篇名〈逃〉（收入本書首輯），文中主意象便是「風」，從家鄉到客居的臺北，從自然（微風）到人文（威風），風來風去之間，關鍵其實在於主體的感受。次年，他又有一篇很長的散文〈夏日之組曲〉（同上），寫臺北的風雨、家鄉婆羅洲的大水，寫夏天的四大自然現象：風、雲、雨、雷，他說：「經過了雨般的憂鬱，雲般的虛空和雷般的魯莽，你就會喜愛上灑脫飄逸的風，就像我一樣……」；甚至到了二〇〇一年寫〈風花雪月〉，他還說：

> 風，或許早已追隨左右。但是真正與風結緣，卻是在臺灣的九月。那時我初臨臺灣，沒有任何心理的準備，就遇見了百年難得的超級颱風。它那虎步天下的氣概，

與那傲慢不羈的狂嘯，震撼了我幼嫩的心，也征服了我蠢蠢欲動的心。從此，風就是我，我就是風。數十年來，我的身軀偶曾駐足，而我的心卻未曾稍息。

除了作為一個自我意象，「風生再起」有明顯的期待（〈風生再起〉），期待風成為一種正面的積極力量，可以廓清摧陷，可以撥雲見日，而一切之所指就在於生活於其間的本鄉本土。而對自我來說，那裡面有一種抉擇，一種行動的預告。

三、

全書六十餘篇，區分成五輯：

「風流少年」寫於上世紀六、七〇年代之交，是離鄉之後，在追尋過程中的悲喜，其中比較重要的是自我人生價值之確定。

「風花雪月」和「風生再起」是《詩華日報》專欄「豐采」中的文章，大體接續《昨日的風采》的寫作傾向，關涉政治、社會、教育、文學等，堪稱見多識廣，字裡行間跳動的憂懷，充分顯示他面向社會的介入積極，甚至有國際的議題，如戰爭等，皆可見其人道思想，而幾篇抒情小品（〈離鄉的人〉、〈回家的感覺〉、〈人在檳城〉），皆能從自我經驗出發觸及更大的人生課題。

「風聲小小」諸篇集中在一輯，可見其用心，大體來說皆是小說，或類小說，蓋虛擬故事情節，如獨眼獸，如擔子，如月亮，如影子的故事等，皆寄寓深遠，未發表的〈他打開一扇門〉、〈它來的那一天〉及獨幕劇〈詩巫好〉，前者怪誕，富含對人的存在處境的探索，後者指向詩巫現實之弊，有教育作用，至於〈它來的那一天〉則充滿荒謬性，表達一個尋常男性上班族的無力與無奈。

最後的「風人風語」則是一般評論文章，包括經濟、教育、思想、法律等，條分縷析，直指詩巫的現實問題。

四、

游醫師的文筆雅潔暢達，不拖泥帶水，論證有力，時有隱諱之詞，看來是直指某些現實之處有所保留吧。我覺得他特別重視篇章之首尾圓貫，就報紙專欄文章而言，已是精品。然而仍不免時有怨氣，好處是會有感染力，但也可能減損說服力。

我認為「風生小小」一輯很值得觀察，因為特別具創造性，前輯之末有〈我讀小說〉，二輯有〈解讀文本〉、〈莫言《檀香刑》〉，皆可見其小說知識及品味。專欄作家風生能同時也是小說家嗎？我在這裡有這樣的一個期待。

二〇〇四年十月於臺北

——原載《人間福報・副刊》，二〇〇七年六月一日。原題〈坐看風起時〉。

本土的現實主義：我看謝征達的吳岸研究

從上世紀末以來，我一直關注砂拉越華文文學的發展，進行過專題研究，去過幾趟，論文也寫過幾篇，但尚無法成書，常引以為憾。對於被稱為拉讓江畔的詩人吳岸，幾乎讀過了他大部分的作品，也曾幾次想好好討論他，卻都被諸多因素干擾而未成。

二〇一五年八月，吳岸於北上中國南返砂拉越途中，因肺部感染而病逝於西馬霹靂州曼絨，隔年，我曾擬妥〈古晉．砂拉越．婆羅洲——吳岸詩中的鄉疇〉的寫作計畫，摘要如下：

吳岸（一九三七～二〇一五）是砂拉越最具代表性的華文詩人，出生於古晉。十五歲時就開始寫詩，處女詩集《盾上的詩篇》於一九六二年出版。一九六六年，吳岸因參加砂拉越獨立運動，入獄十年，後繼續創作。已出版詩集《達邦樹禮贊》、《我何曾睡著》、《旅者》、《榴連賦》、《生命存檔》、《破曉時分》及多部評論文集，在海峽兩岸都出版有詩之選集。

古晉是東馬來西亞砂拉越州的首府，砂拉越是馬來西亞在婆羅洲島上的一個州，從

> 古晉到砂拉越、到婆羅洲，空間不斷擴大。本文將從吳岸之書寫古晉、砂拉越、婆羅洲，來看他詩中的鄉疇，進一步看他不同層次的鄉情。

「鄉疇」具空間性，通常是足跡所至，可織綴而成一張輿圖；而個別詩文本的寫作必有特定的時點，可連成屬於個人的詩之史脈，鄉情因之而層層疊疊。我私想這是討論吳岸最好的方式。

我後來沒能寫成這篇論文，常感遺憾。等於說，我在吳岸的研究上一無所成，所以，當我應邀參與首屆周夢蝶詩獎的評論類決審，發現《本土的現實主義——馬來西亞砂拉越吳岸的文學理念與作品研究》時，一方面是深感慚愧，一方面則大為嘆服後生可畏。

論文的作者是來自新加坡的謝征達，他是南洋理工大學中文系學士、碩士，現於香港中文大學中文系攻讀博士學位。在讀碩士班的時候即曾以《方修的現實主義系譜及其爭議研究》榮獲方修文學獎的文學評論獎，《本土的現實主義》是他的碩士論文，從該論文長達二十頁的附錄〈吳岸訪談〉看來，征達對於吳岸是下過工夫的，且這訪談文稿很可能是吳岸最深入而全面的自述。

征達從現實主義與本土性的兩個重點屬性來論吳岸，不只彰顯了吳岸文學的整體性，也鋪陳了吳岸所從屬的砂拉越華文文學，這正是他所說的「以吳岸為個案研究，俯瞰砂華文學的整體發展」。我從這裡看到了征達的學術趣味與企圖，他把砂拉越視為一個文化空間，通過吳岸的詩之示例，以證成砂華文學的獨特性，寫實既是態度，也是方法，其獨特性是否即他筆下所記之所見與所在？是否即地誌與記憶之書寫？當他從觀察他者返身映照自我本土，他如何描繪這個斜掛在赤道上的美麗的盾？如何敘寫失所依歸的伊班等原住民族，乃至於日漸遭到破壞的雨林？

在凝視空間、族群、文學的互動中，征達有了一個很好的起點。吳岸被稱為拉讓江畔的詩人是有道理的，他屬於全砂拉越，北寫姆祿山，南繪古晉和砂拉越河；他堅持本土的現實主義，以此信念並勇於實踐，征達追蹤他的體驗，抵達了砂華文學的核心地帶。

——謝征達《本土的現實主義：詩人吳岸的文學理念》（臺北：秀威，二〇一八）序文。

附錄

訪砂報告書

一九九七年十一月底，我赴吉隆坡參加「馬華文學國際學術研討會」，主辦者是馬來西亞留臺校友會總會。他們希望我能在會後去一趟東馬，到砂拉越詩巫省分會演講。我在完全不識詩巫的情況下答應約請，沒想到此行竟有特別的發現，「發現詩巫」對我來說是學術生涯一大突破，乃決定以詩巫為定點考察對象，探索當地華文文學的生成與發展。

我進行過兩年的國科會專題計畫：一次是八十九學年度，題目是〈詩巫華文文學調查研究〉（NSC89-2411-H-008-005）；一次是九十二學年度，題目是〈拉讓盆地華文文學的開展〉（NSC92-2411-H-008-019）。前次原擬於一九九九年暑假（七、八月）及二〇〇〇年寒假（二、三月間）分兩趟前往詩巫從事實地調查，但經過溝通聯繫，為配合當地活動，前者改在十一月中旬，後者延至四月春假期間，整個進行非常順利，收穫極大，前次並巡迴全砂演講（美里、民都魯、古晉、詩巫），後者且在「巍萌、黑岩小說討論會」發表論文，並在漳泉公會主講〈閱讀的情趣〉。第二次去了一趟，時間在二〇〇四年二月。茲略作簡報如下：

一九九九年十一月十一日～二十一日

砂拉越留臺同學會會長許贊禮醫生及總秘書長江宗淼先生得知我擬赴詩巫從事當地華文文學的實地調查，建議我走一趟全砂作巡迴演講，最後一站才是詩巫，可以配合同學會慶祝成立三十五周年擴大舉辦的文華之夜。對我來說，這是一個千載難逢的機會，我的計畫雖然只是定點（詩巫）調查，但從周邊而入，那種認識才能全面而深入，更何況這一路走下來所蒐集到的資料，應該可以讓我從詩巫擴大到整個砂拉越，甚至整個婆羅洲，對於我長期從事的馬華文學觀察必然有突破性的發展。

整個行程由馬來西亞留臺校友會聯合總會前會長鄭玉輝先生和主辦單位共同商議，臺北金球旅行社顏明澤先生安排航班，整個行程如下：

十一月十一日　臺北飛亞庇（沙巴）　亞庇飛美里
　　演講：文學走入災區——以臺灣九二一大地震為例

十一月十二日　美里飛姆祿國家公園

十一月十三日　姆祿飛美里　美里飛民都魯
　　演講：人生的衝突與化解

十一月十四日　民都魯飛古晉

演講：婆羅洲之子——從李永平的少作談起

十一月十七日　古晉飛詩巫

十一月廿一日　詩巫飛亞庇　亞庇飛臺北

由於美里有美里筆會，古晉有砂拉越華文作家協會及星座詩社，在兩地都見到不少華文作家，包括在美里的田農、晨露、李笙等，在古晉的吳岸、田思、沈慶旺以及星座的新生代詩人朋友，獲益良多。

我主要的工作在詩巫，由於事先已經和砂拉越華族文化協會的執行秘書蔡增聰先生多所聯繫，並做好所有可能的準備，我的工作之進行極為順利。

我演講擺明了是針對詩巫華文文學而來，在這樣的場合，我見到不少當地文壇人士，並獲得贈書；此外，也有許多有趣的對話。這些對我來說，其實都是取得資料的最佳方式。在往後的幾天，有一些作家希望能和我單獨會面。

我花了不少時間在砂拉越華族文化協會的資料室，閱讀並選擇一些重要的圖書送去影印，此外也去幾家書店找尋可能的東西，但沒有什麼收穫。

我另一個工作重點是特定對象的訪談，擬出來的名單是建立在對於當地文壇的基本理解上，他們是：

十一月十八日在馬來西亞日報社訪問總編輯黃生光先生及副刊主編楊詒鈁小姐；十九日分別訪問了資深文史工作者及作家蔡存堆（李一文）、《衛理報》主編黃孟禮先生、詩巫中華文藝社的黃國寶先生；二十日訪問砂拉越華族文化協會的蔡增聰先生。除了拍照、錄音，也得到蔡、黃（孟禮）兩位先生及另一位詩人藍波的書面資料。

可以這樣說，我是帶著豐盈的詩巫華文文學資料及朋友們可親可感的熱情返回臺灣的。

二〇〇〇年三月三十一日～四月六日

我必須利用春假期間再去一趟詩巫，當地的朋友知道我要去，砂拉越華族文化協會文學組特別安排一場「砂華小說討論會」，詩巫漳泉公會舉辦《六叔公花拳繡腿集》推展儀式，前者要我討論黑岩《荒山月冷》，後者要我主持推展儀式並發表一場演講〈閱讀的情趣〉。

這一次因為有比較長的時間在詩巫，花比較多的時間在圖書館，去看過詩巫市議會的詩巫圖書館、公教中學的圖書館以及詩巫中華總商會的林子明文化館。

林子明文化館對我來說實在是一個寶庫，他們給了我最大的方便，包括在不開館時讓我在館中看書以及整批借出來影印，在這裡我找到七〇年代克風詩集《微笑的早晨》，以及甚多有關砂拉越研究的中文著作。

這一次有兩件事讓我頗為動心，一悲一喜，喜的是當地傳統詩人組成的詩潮吟社希望能和我聚聚，悲的是詩巫最重視文化的《馬來西亞日報》在我到的時間宣布停刊。

二〇〇四年二月一日~七日

東馬來西亞的砂拉越是一個州，拉讓江為砂州最大的河流，整個拉讓江流域非常遼闊，今以「拉讓盆地華文文學」取代「詩巫華文文學」，一來著眼於「拉讓」之名的普遍性與代表性，二來也考慮到泗里街省（第六省）已非常進步，文化水平也不斷提升；第三，詩巫寫作人講到其文學傳統時也以「拉讓盆地」命名。

此區域的文學史研究，從二十世紀初到二十一世紀初，從古典到現代，在民間文學、詩歌、散文、小說諸領域，嘗試描繪其變遷軌跡，希望能把拉讓盆地華文文學的開展路線梳理清楚，進而協助當地文壇建構文學傳統。本次出訪旨在進一步蒐集資料，作必要之訪談及和當地藝文界人士舉辦一場公開座談。

二月一日

07：40 搭MH095班機從桃園中正機場飛吉隆坡。

12：15 抵達，鄭玉輝接機。

18：00 玉輝夫人永樂多斯來接赴鄭府，永樂五姊妹及令尊令堂皆在，本日為回教過年（犧牲節、孝順節）。吃新疆烤肉等。

二月二日

中午 戴小華午宴，席設皇家高爾夫球俱樂部。陳雪風、傅承德在座。

20：00 李宗舜來接，吃肉骨茶等。

二月三日

08：10 搭MH2712班機從吉隆坡赴詩巫，江宗渺來接機。午餐吃蝦麵。

下午 赴書店找書：先人民書店，次大眾書局。略知近況，尚未購買。

夜裡 江宗渺駕車夜遊詩巫。

二月四日

09：00 宋志明來接往砂拉越華族文化協會，閱讀近幾年來出版的書。

10：30 拜訪彭城劉氏宗親會劉斌先生。
中午 和宋志明、黃國寶、雨田、蔡增聰聚餐。
12：00 拜訪雨田（楊藝雄）辦公室。
19：30 文化協會總會長夜宴，有黃生光、蔡增聰、江宗渺、蔡雄基、羅仁山。大部分都是留臺之友。

二月五日

上午 宋志明接往詩華日報，接受副刊編輯楊詒鈁專訪。
中午 陳瑞麟夫婦午宴。
下午 赴友誼協會，見蔡存堆等人及砂共史料。
晚上 瑋薇夫婦晚宴。

二月六日

上午 雨田接赴華族文化協會。
中午 和瑋薇吃飯。
下午 在滂沱大雨中訪世界書局、文華書店、拉讓書局，購多本重要書籍。

晚上　在華族文化協會舉行交流座談會。

二月七日

09：10　搭MH2711班機由詩巫飛吉隆坡。

15：15　搭MH094班機飛回臺北。

國家圖書館出版品預行編目(CIP) 資料

砂拉越華文文學的價值/李瑞騰著. -- 臺北市：文訊雜誌社出版, 2022.01
面； 公分. -- (文訊書系 ; 16)
ISBN 978-986-6102-80-6(平裝)

1.海外華文文學 2.文學評論 3.文集

850.92 110020339

文訊書系16

砂拉越華文文學的價值

著　　者　李瑞騰
總 編 輯　封德屏
責任編輯　游文宓
校　　對　李瑞騰　杜秀卿　鄧曉婷　游文宓
封面設計　翁翁．不倒翁視覺創意
出　　版　文訊雜誌社
地　　址：100012臺北市中正區中山南路11號B2
電　　話：02-23433142　傳真：02-23946103
電子信箱：wenhsun.editor@gmail.com
網　　址：http://www.wenhsun.com.tw
郵政劃撥：12106756 文訊雜誌社
印　　刷　松霖彩色印刷有限公司
出版日期　2022年1月
定　　價　350 元
I S B N　978-986-6102-80-6

版權所有・翻印必究